野蛮なマイダーリン♡

Story by YUKI HYUUGA
日向唯稀
Illustration by MAYU KASUMI
香住真由

野蛮なマイダーリン♡

Story by YUKI HYUUGA
日向唯稀
Cover Illustration by MAYU KASUMI
香住真由

カバー・本文イラスト　香住真由

CONTENTS

〝三日間だけ、僕の恋人になってください！〟

思えば僕こと朝倉菜月《あさくらなつき》（16）が、早乙女英二《さおとめえいじ》（22）という男の人にそんな台詞《せりふ》を向けたのは、今から二カ月前の、六月も終わりのことだった。

僕は僕の恋人だった来生直也《きすぎなおや》先輩と、僕の双子の弟である葉月《はづき》との間に、いつの間にか恋心が芽生えてしまったことに気づき、先輩と別れたばかりだった。

誰が悪いわけじゃない。

三人が三人とも、行き違ってしまった想いを抱えて、それぞれにつらく悲しく、苦しい思いをした恋だった。

けど僕は、とりあえず〝僕が身を引いたんだから、せめて二人は幸せになってよ〟って思ってた。

そしてその反面では、僕という存在を飛び越えてしまった二人に対して、どうしようもない悔しさも生まれていた。

だから、先輩と別れたおかげで、僕にはこんなに素敵な恋人ができたんだからって、自慢したくて英二さんに声をかけた。

先輩とは全く違うタイプの人を、好きになって、今度こそ幸せなんだから。

もう僕のことは何も気にしないで。二人とも、好きな者同士で付き合ってよ…って言うつもりで、通りすがりの英二さんに〝恋人役のアルバイト〟をお願いした。

何も知らなかった、キスさえしたことのなかった自分の体を引き換えにして。

三日間でいいからって言って、ノンケだった英二さんに恋人役を引き受けてもらった。

でも、それが僕の運命を大きく変えた。

僕はハチャメチャでガラ悪くて、お世辞《せじ》にも性格がいい…とはいえない英二さんに、気がついたら本気の恋をしてしまったんだ。

自分でたくらんだはずの偽装恋愛にはまりこんで、まんまと抜けられなくなってしまったんだ。

だって英二さんは。早乙女英二という一人の男性《おす》は、それほどまでに魅力的だったから。

それは、身長は百八十は軽くあるの♡　とか。

顔がいいのに体もいいの♡　とか。

実は高級服飾《アパレル》ブランド『SOCIAL《ソシアル》』の御曹司《おんぞうし》様で♡

自社のヤングシリーズではイメージキャラクター&メインモデルをやっていて♡

なのに一流大学ではバリバリの法学部で超頭もいいんだよー♡　って、数々の肩書きや見た目のカッコよさとかだけじゃなく、本当に人としての中身が素敵な人だった。

一見、刃物のようにギラギラとしていて、触れたら痛みもなく切られてしまいそうな鋭利さを持っているのに。その気持ちの奥深くには、触れたら溶けてしまいそうなほどの温かさと、優しさを持っている人だった。

だから――――。

「英二さんが好き。英二さんが大好きっ。英二さんがいなくちゃ死んじゃう!」

僕は約束の三日間が終わったあとに、英二さんに「本当の恋人にして」って、心から叫《さけ》んだ。

「お願い、僕をこのままさらって。二度とうちに帰さないでっ」

僕の思いのすべてを受け止めて、恋人にしてくれた英二さんとお別れしなきゃならないってなったときには、僕は生まれてからずっと愛してくれた家族より、たった一人の英二さんを選んでしまった。

「僕を…僕を英二さんの側から離さないで!」

家族とロンドンに行くことより、たった一人で英二さんのもとに、英二さんの腕の中に残ることを選んでしまった。

「菜月…俺だけのものだぞ」

英二さんが、そうしていいんだって言ってくれたから。

遠くに離れてしまうぐらいなら、俺の側にいればいいんだって言って。実際収入も生活力も何もない僕を引き取って、面倒見ますって両親を説得(脅迫《きょうはく》? 拉致《らち》?)してくれたから。

「うん…大丈夫だよ。英二さんの側にいられるんだもん」

だから僕は、家族がロンドンに引っ越してしまった夏休みの終わりから、大好きな英二さんと二人暮らし♡　をすることになった。

1

月めくりのカレンダーを破かないとな…なんて思う九月も一日。

僕は始業式のみとはいえ、初めて英二さんのところから高校に通う（南青山から横浜へ）、イコール今まで（横浜から横浜へ）より一時間は早く起きて学校へ行かなきゃ！　という朝を迎えた。


「おい、菜月。起きろ」

自分の部屋もベッドもあるのに、夕べは片づけきれなくって。結局僕は英二さんのベッドで、英二さんの腕の中で、ぐっすりと眠りこんでしまった。

「時間じゃねぇのか？　おい」

「んっ……っ」

エアコンがほどよく利《き》いた部屋で、大好きな英二さんの腕枕なんて、はっきりいって気持ちよすぎ♡　しかも目覚まし時計がいつ鳴ったのかなんて、僕には全然わからなかったから。本日の僕の目覚まし時計は、英二さんの甘〜い声だった。

「起きろって…♡」

くすぐるような仕草と、頬《ほお》への優しいキスだった。

『幸せすぎて怖《こわ》いっっっ♡』

僕は、このまま永眠しちゃったら最高に幸せなんじゃないの？　ってぐらい起き抜けに舞い上がってしまうと、なんだか照れくさくって、恥ずかしくって。布団《ふとん》の中にもそもそと潜りこんでしまった。

でも、そんな僕の体に腕を回すと、英二さんは下肢《かし》に手を忍ばせてきて、おもむろに僕のモノを握り締め、からかうように呟《つぶや》いた。

「起きねぇと犯《おか》すぞ」

「やっんっ！　何言ってるんだよっ。夕べさんざん犯したじゃんっ」

無駄な抵抗。っていうより、わざとらしい抵抗？

僕は英二さんの腕を掴《つか》むと、押し退《の》けようとした。

「馬鹿《ばか》言え。あんなの犯したうちに入るか。犯すっていうのはな、こうやってっ…こう…っ♡」

けどそんな僕の反応に、英二さんは楽しそうに口元を上げると、掴んだ手で優しく撫《な》でつけてきて、あっという間に僕のモノをむいて、ピンとたたせてしまった。

そうじゃなくても、ほっといたって多少は勃起上《おきあ》がっちゃう朝なのにっっっ！

「やっ…だめだって！　そんなことしたら…遅刻しちゃうじゃん」

「よく言ってらぁ。菜月のここは、遅刻したって気持ちよくして…って、俺に訴えてきてんぞ」

英二さんはそう言って少しだけ上体を起こすと、僕の頬や耳や首にキスの雨を降らしながら、僕のモノを果敢《かかん》にしごき上げてきた。

「あっ…だって、だって…それはっっっ……やっ…だめだって」

英二さんの手の動きが、僕の反応に合わせて激しくなる。

僕は「だめ」と言いながらも、英二さんの首に両腕を回した。ギュッって抱きつきながらも、自然と腰が浮き上がって……。

もっと気持ちよくして。早くイカせて…みたいな、反応をしてしまった。

「英二さんっ…ぁっんっ」

すると英二さんは、クスッって笑う。

僕の腕をするりと抜けて、かけていた布団を腕で弾くと、上体を起こし、そのまま体を折り曲げた。そして、僕のモノに顔を近づけると、ためらうこともなく口に含んで……。

「……っんっ、英二さんっっっ」

僕の意識と快感は、すぐにその一点に注がれた。

「寝起きの悪い奴は、ここから起こしてやらなきゃな」

意地悪なことを言う英二さんの舌先が、僕のモノに絡《から》みつく。

口内すべてで包みこんで、時折チュッって吸い上げて。それと同時に、コリコリに固まっちゃってる陰嚢《たま》に手を滑らすと、チョイチョイって小突いたりした。

「やんっ…起きたよっ！　起きてるじゃんよっっ！」

僕は、今にも上り詰めそうな自分を必死に抑《おさ》えながら、腰をもぞもぞと動かした。

英二さんの愛撫《あいぶ》が、それに合わせて激しくなる。

「英二さんっ…っ英二さ…んっ…っ!!」

何も言わなくなった英二さんは、僕のことをイカせることだけに集中していた。

貪《むさぼ》るようにしゃぶりつきながらも、本格的に僕の陰部をまさぐってきた。

「んっっっ！」

もうだめ…って、僕の体が思わず叫んだ。

全身に力が入った思うと、一気に快感が放出される。

「あっっんっ…！」

なのに英二さんは、放ったものすべてを自分の口で受け止めると、そのまま僕の体をひっくり返し、僕の腰を力任せに引き寄せた。

僕に四つん這《ば》いに近い形で、膝《ひざ》を立てさせた。

「つやんっ！」

そして、隠しようもなく露《あらわ》になった僕のお尻に顔を寄せると、英二さんは両手で双丘《そうきゅう》を分け広げ、現れた秘所の窄《すぼ》みに唇を合わせ、舌を無理やり差しこんできた。

「やっ……っぁっ！」

ピクンっと、今イッたばかりの僕のモノが反応した。

情けないぐらい、恥ずかしいぐらい、僕は英二さんの愛撫に感じちゃって、枕を引き寄せると顔を伏《ふ》せた。

「………っっっっ」

英二さんは、僕の放ったものを舌先で窄みに塗《ぬ》りこめながら、わざとらしく音を立てた。ピチャッっていうか、ジュブっていうか。とにかく耳を塞《ふさ》ぎたくなるようなエッチな音を立てられて、僕の下肢には震えが走った。

ジワッと、僕のモノからは蜜が滴《したた》り始める。

「っ…っ…んっ、英二さんっ……」

いやおうなしに、喘《あえ》ぎ声が漏《も》れてしまう。

恥ずかしさに恥ずかしさがどんどん重なっていって。なのにその分だけ感じてしまう我が身が、僕はどうしようもなく呪《のろ》わしかった。

「……気持ち…いいか？」

「………うん。どうしようっ」

否定しろよ！　って思いながらも、嘘がつけないほどの快感が、どうしようもなく恨《うら》めしかった。

なんか、僕どんどん淫乱《いんらん》にされていく気がする。

これでいいの？　って、それこそ不安が込み上げてくるぐらい。

「悩む前に感じてろ。恥ずかしがる前に乱れちまえ」

なのに英二さんはそう言い放つと、さらに激しく舌で内部をえぐってきた。

「あんっっ、だめっ…やだそこっ！」

僕は、英二さんの指や英二さん自身を受け止めることで、それなりにココが気持ちがいい…って感じるように、慣らされ始めていた。

けど、その中でもコレをされるのが、もしかしたら一番弱いのかもしれない。

「やっ…英二さんっ…っあっ、やぁん」

奥の奥まで攻め入られることはないけれど。

英二さんが潜りこませてくる舌先は、妙に入り口付近にある快感のポイントみたいなものを嘗《な》め上げてきて。尖った舌先で細かなひだの隙間まで、探りこまれてくすぐられる感じがした。

「本当、やっ…あっ、だめっ」

次第に、体の奥がもの欲しげにうずいてくるのが自覚できる。

今にも、「もう…いいよ。もういいから早く英二さんを入れてよ！」って、口走りそうで。

その言葉が頭に過《よ》ぎっただけで、僕は羞恥《しゅうち》と快感になぶられるまま、猫のように背筋を伸ばして、勢いよく二度目を放ってしまった。

「――――っっっ!!」

けど、それは見越したように英二さんの手で受け止められた。

「よしよし。元気、元気♡」

英二さんは体を起こすと、今度はその手を蜜部に当てがう。綺麗《きれい》で長くて、それでいてしっかりとした指先が、十分に潤《うるお》っている窄みに埋《う》めこまれる。

「……っぁっ！」

どうしたんだろう？　っていうぐらい、なんだか今朝の英二さんはゆっくり丁寧《ていねい》に進んでくる。早く起きなきゃ！　学校行くのにっ！　ってはずなのに。

僕の蜜部に一本だけ指を埋めこむと、ゆるゆると抜き差しを繰り返しながら、時折奥を小突いては、僕を快感の奈落《ならく》へと堕《お》としていく。

「……っんっ」

僕は、なんだかわからないけど感じちゃう場所をつつかれるたびに、体をぶるって震わせた。

高い波に、ずっと…ずっと飲みこまれている。

どこに絶頂点があるのか、見失ってしまいそうなぐらい。

「やぁっ…っ英二さんっ」

英二さんは、僕をどこに連れていきたいの？　って思わせるぐらい、僕は引くことのない快感に狂いそうだった。

「なぁ、今菜月の中に入れてるの、俺の何指だと思う？」

だからだろうか？　いつもだったら「英二さんっっっ！」とかって、叫んじゃいそうなことを聞かれたのに、僕は自分から「……中指」ってぽつりと答えてしまった。

「おう！　あたりだぜ♡　じゃあ右か左かはわかるか？」

「………左」

下肢をくねらせながらも、感じるままに答えてしまった。

「……すげえな。あてずっぽにしても大あたりじゃねぇか」

「あてずっぽなんかじゃないよ。英二さんの指なら…全部わかるもん」

なんか、ちょっと自慢《じまん》するみたいに。僕、英二さんのことならなんでもわかるもん…みたいに。

快感に任せて、すごいことを口走っていた。

「おいおい、まさか太さや長さが微妙《びみょう》に違うから…、とか言うなよ」

英二さんがびっくりして苦笑してる。僕から顔は見えないけど、絶対にそう。

「それは…言わないよ」

「じゃ、なんでわかるんだよ」

今度は怪訝《けげん》そうな顔。

どうして？　って聞きたいのは僕のほう。

それぐらい、僕の中には不思議なぐらい、英二さんのことが伝わってくるし、見えてくる。

「なんでだろう？　わかんない。でも、きっと英二さんだからだと思う。僕が、どんなに些細《ささい》なことでも、英二さんのこと知りたくって。感じたくって、仕方がないからだと思う……っん」

「………菜月」

今度はちょっとはにかんでる。

英二さんは、僕の言葉が嬉しかったんだ。でも、ちょっと照れくさかったんだ。

僕は全身で予感した。

じきに英二さんの指は引き抜かれ、熱く張り詰めたような英二さん自身が入ってくる。

もう一度名前を呼んで。狂おしそうに、愛《いと》しそうに、微笑して。そして英二さんは僕の中に入ってくる。

「菜月——————」

ほら、やっぱり。

「…んっ……英二さんっ」

英二さんはゆっくり指を引き抜くと、僕の体を表に返した。僕の両足を開きながら抱えると、自分の体を割りこませてきた。

熱く、堅《かた》くそそり立った英二さん自身が、僕の内股に微《かす》かに触れた。

「んっ…っ」

ビリッと、触れた部分から電流が走るみたいだった。

英二さんは自分自身の先端で、僕の窄みを探りだすと、二度三度擦《こす》りつけてなじませてから、静かに入りこんできた。

「………っあっ！」

でも、それでもやっぱり、英二さん自身は僕を裂《さ》いた。

どんなに体を開いても。どんなに心から受け入れても。快感と隣り合わせの激痛が、僕からきれいさっぱり消えることは、いまだになかった。

「………いっ…っ…ぁっ」

「悪りぃな。やっぱ入りは痛いのか?」

僕は、英二さんに抱きつきながら、小さくうなずいた。

すると英二さんは、奥に入りこみながらも、僕の頬や耳にキスをした。少しでも早く痛みが快感になるように、僕の髪を撫でたりしてくれた。

「でもな、これぱっかりは俺のモノだけのせいじゃねぇぞ。どんなに時間をかけて慣らしても。どんなにはめっぱなしで頑張っても。どうしてか菜月のココは、一度抜いて一晩も寝たら、またきつくもとどおりに締《し》まっちまうんだ♡　さすがにもう、よっぽど無茶をしない限り、切れたり破れたりなんてことはねぇがな。中は柔らかいのに、ぎちぎちと締めるんだ。すげえ名器だぞ、お前」

「――――っっ!」

おまけに、返事のしようもないことを言われて、僕は恥ずかしさから力が入って、あそこがギュッて締まったのが自分でもわかるぐらいだった。

「っ………馬鹿っ!　だから余分に締めるなって。今は、菜月の中を堪能《たんのう》したいんだからよ」

英二さんは、なんだかイクのを我慢《がまん》してるみたいだった。熱くなったままの状態で、僕の中にずっといたいって、言ってるみたいだった。

「あんっ…だって。だって、英二さんが変なこと言うからっ……っんっ」

「変じゃねぇだろう。最高だって褒《ほ》めてやったんだよ。菜月のココが、一番気持ちがいいってさ」

でも、それも限界?

英二さんは一度大きく腰を引くと、次の瞬間には一気に奥まで押し進めてきた。

「————っっ!」

ちょっと前まで、とろけそうなぐらい甘くて優しくておとなしかったのに。いきなり激しく腰を揺すってきた。

「やっ————っ、あっ、英二さんっっ!」

「菜月っ…」

そうじゃなくても熱い英二さん自身が、さらに摩擦《まさつ》で熱くなる。

僕は、それを体全部で受け止めながら、英二さんに抱きついた。

「英二さんっ……英二さんっ…っんっ」

英二さんは、腰を揺すりながらも利き手で僕のモノを握りこんだ。と同時に、僕の唇に唇を合わせて、目茶苦茶ディープなキスもしてきた。

僕は、なんかすべてを塞がれたまま、快感だけを体中に送りこまれた。

『イッちゃうよっ…っ、もうだめっっ、イッちゃうっっっ!』

意識が朦朧《もうろう》としてきて。息もまともにできなくなって。閉じた瞼《まぶた》の裏に、チカチカとしちゃうような閃光《せんこう》が弾けた。

「————っ！」

英二さんは、大きく強く僕を突き上げたあとに、熱いほとばしりを打ちつけてきた。

奥の奥に浴びせられて、僕はいっそう高ぶった快感に、まるでとどめでも刺されたように全身を硬直《こうちょく》させる。

「…ぁっ…んっ………っ」

英二さんの手の中に三度目の欲望を放った瞬間、体から一気に力が抜けるのがわかった。

同時に…とはいかなかったけど、二人で連鎖して上り詰めた快感は、一人でイクより何倍もの悦《よろこ》びと、何倍もの感動がある。

「英二っ……さ………っ」

僕は夢のような幸福の中で、わずかに離れた唇の隙間《すきま》から英二さんの名前を呟くと、そのまま意識を失いかけた。

けど————。

RRRRR！　RRRRR！

『電話!?』

ベッドサイドに置いてあった電話が急に鳴りだすと、一瞬にして現実に引き戻される。

英二さんは苦笑混じりに僕の中から抜け出すと、体を伸ばして受話器を上げた。

『長くて逞《たくま》しいのに、綺麗な腕。肩も、胸も、なんてしなやかなんだろう。どうして英二さんって、こんな何気ない仕草までがカッコイイんだろうっ♡』

いや、引き戻されたように思えただけで、僕はまだまだ夢の中…ってやつだった。

僕は、コードレスの受話器をただ耳に持っていっただけの英二さんに、血圧が上がっちゃうほどドキドキしていた。

『────っ！』

けどそんなドキドキも、英二さんが放った蜜が僕の中からトロリと溢《あふ》れた瞬間にビクリッに変わる。

僕はとっさに、『まずい、シーツが汚れちゃうっ！』って思いが脳裏《のうり》を掠《かす》めた。でも、そんな罪悪感よりも、僕はその流れ出た事実だけでさらにさらに感じちゃって。

『…ぁっ……だめだ。どうにもならないよっ…』

熱くほてった肉体が騒ぐのを、抑えるように自分でギュッって抱き締めてしまった。

「はい、もしもし」

そんな僕に気づくことなく、英二さんはちょっと〝よそ行きの声〟を出した。

「あ？　なんだお前か。なんだよこんな朝っぱらから！　いいところを邪魔してんじゃねぇよ！」

だけど、それはすぐにいつもの〝べらんめい〟なものになった。

『あ、きっと葉月だ！』

「ほら、早速国際電話だ菜月」

受話器は僕のもとへと回された。

「俺は朝飯作ってっから、適当なところで切っちまえよ」

英二さんは、取りあえずイク前に邪魔されたわけじゃないから、いつもよりは寛容《かんよう》だった。

受話器を持った僕の頬をチョイって小突いていくと、そのままガウンを羽織《はお》ってベッドを下りた。

僕は受話器を耳に当ててると、なんだか恥ずかしさに拍車がかかっていた。

多分、今の会話、思いっきり筒抜けだろうな…と思うと、葉月になんて言えばいいのかと思って。

「………もっ、もしもし。菜月だけど」

〝菜っちゃん、随分《ずいぶん》新婚さんしてるじゃん。まさか一緒に寝てましたなんて言わないよね！〟

『やばっ、ムッとしてる』

相手は、思ったとおり葉月だった。膨《ふく》れっ面《つら》が目に浮かぶぐらい、葉月の声はブーたれている。

「いや、その…あのっ」

〝まぁ、でも。朝御飯はあいつが作ってくれるなら、しょっぱなっから朝抜きで登校…なんてことにはならないみたいだから、いいけどさ。なかなか面倒見いいじゃん、早乙女英二って〟

でも、その声はすぐに心配そうな、それでいてホッとしたようなトーンに変わった。

「葉月…」

〝こんな朝早くから、ちゃんとねぼすけな菜っちゃんのこと起こしてるし。なんか起こした理由がいかにも見え見えな気はしないでもないけど。とりあえず新学期初日っから、色惚《ぼ》けして遅刻させた…なんてことは、なさそうだもんね〟

弟にこんな心配されちゃうなんて、僕ってば…って感じだった。

「うん。僕のことなら大丈夫だよ。英二さんしっかりしてるもん。それより葉月のほうはどうなのさ。そっちはいつから学校行くの？」

〝え？　僕？　僕のほうは一応来週からかな。今週はちょっと、手続きとか片づけでバタバタしちゃうし。それにこっちにはスキップ制度とかもあるから、一応どの学年に入るのかっていう、入試も受けたりするからさ。でも、ここは九月からが新学年だから、どこに入ってもそんなに転校生ってイメージはないかもね〟

葉月は、やっと一番に大好きになった直先輩とも、離れ離れになってロンドンに行ったたっていうのに……。

「そっか。場合によっては、葉月と学年変わっちゃうんだよね。でも、葉月は僕と違って頭いいからさ♡　英語も父さん譲《ゆず》りで堪能《たんのう》だし。僕がそっちに行ったらまず路頭に迷いそうだけど、葉月ならすぐに地元民みたいになっちゃうよね♡」

僕は、心配されてる場合じゃない！　って思って、極力《きょくりょく》明るい声を出した。

葉月のこと心配するのは、むしろお兄ちゃんの僕のほうなんだから！　って。

〝それもやだけどね。あ、そんなことより菜っちゃん！　僕さ、こっちに着いてから思い出したんだけどさ。菜っちゃん、ちゃんと夏休みの宿題全部終わったの？〟

「────え!?」

でも、でも………。

そんな思いは、葉月の何気ない一言で、一瞬にしてブッ飛んだ。

〝ほら、引っ越すんだから必要ないとかなんとか言って、途中で放り投げてたじゃない。だから、ちゃんと思い出して片づけたのかな？　って気になってさ〟

だって、宿題なんて単語。今の今まで、これっぽっちも記憶になかったから。

〝全く今日日《きょうび》高校に入ってまで、夏休みに問題集一冊の宿題なんか出すなよ…って感じだけどさ。やっていかないと、一カ月のトイレ掃除に居残りで勉強会とか言ってたじゃん。おまけに後期の生徒会役員に無理やり立候補させるとかさ♡〟

それどころか、どんなに記憶をたどっても、僕には自分が丸々一冊（軽く百ページはある！）の問題集を、最初の数ページしかめくった記憶がなくって。

〝あ、でも東都《とうと》大法学部が一緒に暮らしてるんだから、それぐらいはとっくに終わってるかー♡〟

「……葉月、ごめん。電話、切っていい？」

〝…………え？　菜っちゃん…、まさか〟

僕は葉月に、「うん、そのまさか」ってうわずった声で伝えると、すぐに電話を切って、慌ててべッドから飛び下りた。

そして、キッチンに入って朝食の用意をしてくれていた英二さんのところに走りこむと、悲鳴を上げるみたいに英二さんのことを呼びまくった。

「英二さん！　英二さん、英二さん、英二さんっっっ！」

「――なっ！　なんだ菜月っ！　お前なんてカッコして飛び出してくんだ！　いくらなんでも、ガウンぐらいは羽織ってこいよ！」

「それどころじゃないよ！　大変なのっ！　宿題っっ！　僕宿題全然やってないのっ！」

「――――あ？　宿題？」

「今日提出しないと、放課後一カ月の居残り勉強になっちゃうの！　トイレ掃除もさせられるの！」

あとから冷静になって考えれば、宿題を忘れてたことよりも、絶対に素っ裸で英二さんの前に飛び出していったことのほうが、大問題なんだろうとは思うけど。

「おまけに、後期の生徒会役員とかまで押しつけられるのっっっ！」

けど、僕が我を忘れてまくし立てたせいだろうか？

それとも、宿題忘れの罰則が、あまりに過酷《かこく》だったからだろうか？

「なっ…馬鹿野郎！　そういうことは最低前の夜に思い出せ！　当日に思い出してどうするんだよ、当日に！　そんな馬鹿げたことでそんな罰則くらったってお前の親父に知れた日にゃ、俺の保護者としての面子《メンツ》が丸潰《つぶ》れじゃねぇか！」

いや、単に父さんへの義理立てというか面目《めんもく》というか、扶養《ふよう》するぞとたんかを切った立場&責任上の問題だった…らしい。

英二さんは、手にしていたフライ返しを僕に向けると、とっても無茶なことを言い放った。

「菜月！　今すぐその宿題とかってやつをやっちまえ！」

「えーっっっ、無理だよ！　だって問題集一冊なんだよ！　国・数・英セットの百ページものなんだよ！　まじめに毎日やってたって、夏休み全部使っちゃう品物《しろもの》なのに！　それだって終わりきらないときには、葉月に写させてもらおうと思っていたのにっ！」

「なんだと！　はなからそんな考えでいるから、自分の義務そのものを忘れるなんてボケをかますんだろうが！」

たしかにそうです。僕が悪いです。ごめんなさいっっ！　ってことを叫んだ。

「だってぇっ」

「だってじゃねぇ！」

とどめに吠《ほ》えた。

「――――ひっ!!」

僕は英二さんに真顔で怒られて、ビクンと肩をすくませた。

僕はこのとき改めて、英二さんは僕の〝最愛のダーリン〟であると同時に、本当に本当に〝本当の保護者より厳しい保護者なんだ！〟って、気づかされた。

「とにかく、今日だけはどうにもならねぇから俺がやってやる。その問題集とかってやつをもってこい。そのかわり、問題集一冊分の予習は、今日から毎晩きっちりやらせるからな！」

「はっ…はぃっ」

「じゃあ、とりあえずシャワー浴びて、着替えて、しっかり飯を食えっ！」

そしてカウンターテーブルにポン・ポン・ポンって朝御飯を並べると、英二さんは僕が慌てて取りに行った問題集をひったくり、ダイニングテーブルで宿題をやり始めた。

『ラブラブ天国から、一気にガミガミ地獄だよぉ』

僕はシュンってしながらも、言われるままにシャワーを浴びて、制服に着替えて、チラチラと英二さんを見ながらも、御飯を黙々と食べ始めた。

『………すっ…すごいスピードで一枚を埋めていくっ』

でも、時間を気にしながらも問題集に取り組む英二さんの光景は、「すさまじい」の一言だった。

いくら高校一年生の…とはいえ、決してやさしいとは言いがたい問題集…のはずが、英二さんの手にかかると嘘みたいに解かれてパラパラパラパラとページがめくられていく。

僕の周りには、お父さんといい直先輩といい、葉月も含めて頭のいい人・勉強のできる人っていうのが意外に多い。けど、それでも英二さんのこの埋め具合を見ると、やっぱりやっぱり『タダモノじゃない！』とか思わされる。

英二さんは、僕が御飯を食べ終わって、食器を洗って片づけて…なんてしているうちに、ほとんど問題集をやり終えてしまった。

「ほらよ！」

「すっごーいっっっ！　本当に全部やっちゃったの？　英二さん天才なんじゃないの？」

僕はやってもらった問題集を受け取ると、大感動しながら鞄の中に突っこんだ。けど、そんな僕に向かって英二さんは、

「いや、菜月が埋めたら回答率は七割もねぇだろうと思ったから、面倒くさい問題の三割は、適当に書きこんだ。だから早かっただけだろう」

「ごっ…ご理解どうもありがとうっ」

どうせ僕は馬鹿だよ！　って、グレちゃうようなことを言ってニヤリってした。

『ふんだ！　どうせ僕がやったら、七割どころか五割だって怪《あや》しいよーだ』

でも、それでも。

「ほら、そんじゃあ支度《したく》ができたら学校行くぞ。今日だけは、俺が車で送ってやる」

「え？　それ本当!?　今日の予定とかはないの？　大丈夫なの？」

英二さんは、僕のふてくされを一瞬で治してしまうような言葉をくれる。

極上の笑顔をくれる。

「ああ。今日は仕事のほうの予定が午後から入ってるだけだからな。急いで着替えるから玄関で待ってろ」

「はーい♡」

なので僕は、やっぱりガミガミされても、英二さんの言うがままに素直に行動してしまった。

『学校まで送ってくれるなんて、超サービスいい♡　嬉しいっっっ♡』

玄関先で待っていると、英二さんはオール・レオポン・ブランドに着替えて出てきた。

ピッタリとした黒の皮パンツに、ラフに着こまれた真っ白なシルクのシャツ。

首からは、パンツ地とおそろいの皮で作られた細いネクタイがルーズに締められ、手には皮のジャケットを持っていた。

シャツのポケットにワンポイントだけ入ったエンブレムのようなロゴは、レオポン（ライオンと豹《ひょう》の混合種）のシルエットにがっちりとしたゴシック体の英文字が重なっていた。

そしてそのロゴは、見る人が見れば一目で価値がわかる。

英二さんの出立《いで》ちが上から下まで市販でそろえたら、軽く五十万円はしちゃうだろうって、高級ブランドだってことが。

『……うわ♡』

ただ、トータル・コーディネイトされているとはいえ、漠然《ばくぜん》と衣類だけを見たら、実はそれほど特別な姿には思えない。

正直いって、知らない人が見る分には、そんなにお高い姿にも見えないだろう。

まぁ、それでも「これが普段着だ」といえば、ちょっと派手かもしれないけど。この近所、渋谷

・南青山界隈《かいわい》を歩く分には、さして目立つような格好でもない。
なのに、それが特別に見える。ブランドなんかわからなくっても、なんか他と違って見えるっていうのは、やっぱり着こなす〝人間の質〟のせいだろう。

なんせ、英二さんが歩いてくるリビングから玄関までの数メートルの廊下が、僕にはファッションショーの花道のように見えるんだから。

ただ、それは本人が特別に意識しているわけじゃなく、やっぱり英二さんは歩き方からしてそもそも普通の人とは違うせいかもしれない。

別に気取っているわけでもないし、何気に家の中をフラフラ…って歩いてるだけなんだけど。それでも背筋はピシリと伸びていて。なんとなく…、本当になんとなくだけど、歩調がどこかリズミカルで。不思議なぐらい〝存在感〟って言葉を、他人に認識させる人なんだ。

『やっぱり、高級ブランドのイメージモデル＆メインモデルって伊達《だて》じゃない。色恋抜きに見たとしても、お洒落《しゃれ》のことなんか何もわかんない僕みたいな素人《しろうと》にも、英二さんは〝特別な人〟に見えるんだから――――』

僕はそんな英二さんが、「お待た～」とか言って笑いかけてくれるのが、嬉しくて嬉しくて仕方がなかった。

マンションの玄関から地下の駐車場まで…というとても短い距離を、隣に並んで、頭なんか撫でられて、一緒に歩けるって事実が、幸せで幸せで仕方がなかった。

『英二さん、英二さん、大好き英二さん♡』

もちろん、英二さんの愛車（ベンツの４ＷＤ♡）で学校まで送ってもらって、別れ際《ぎわ》に「んじゃな」とか言ってさりげなくウィンクなんか飛ばされた日には、僕の足は完全に地から離れてしまった。

それこそ今まで、ずっとずっとずーっと一緒だった葉月と離れたうえに、通学距離が何倍も長くなったから、〝ちゃんと英二さんのところから、何事もなく無事に登校してくるんだろうか？〟なんて過保護な心配してくれてた直《なお》先輩が、

「いらないお節介《せっかい》だったみたいだね♡」

なんて言って、苦笑しちゃうぐらい。僕は英二さんのおかげで、一日中ウキウキ・ウキウキとしていた。

ただ、そのウキウキのままで、その日の一日が終われたかかっていったら、それはそうじゃなかった。

僕は提出した問題集を、英二さんに埋めてもらったことがあっさりとバレて、担任の鴇田《ときた》先生（三十手前のハンサムなスポーツマンで、けっこう近場の女子高生から人気がある）に取っ捕まり、今朝の英二さんほど、ガミガミ・ガミガミと怒られる羽目になった。

「朝倉菜月！　お前な、夏休みには家族の引っ越しとかなんとかあって、バタバタバタバタしてた

らしいのは聞いてるから大変だったんだろうとは思うがな。だからといって、こんなにあからさまにわかるように人にやらせるぐらいなら、なんで正直にできませんでした、もしくは、忘れましたと言えないいんだ！　こんなの中身があってるあってない以前に、字を見ただけでわかるんだぞ！」

「…………字？」

「そうだ。お前の細々とした丸文字とはほど遠いぐらい、立派な字面《じづら》の楷書《かいしょ》だ、楷書！　これはお前の居候《いそうろう》先の家族のものか？　それとも生徒会長の来生直也か？」

僕は教員室に呼び出されると、問題集を開かれて「ほれよく見てみろ！」と突きつけられた。

すると、朝は中身も確かめずに鞄《かばん》に突っこんだから、全然気づくこともなかったけど。英二さんが埋めてくれた問題集は、あの短時間で埋めたとは思えないほど、綺麗で見やすくってピシリとしていた。

しかも、たしかに先生が間違えても不思議がないぐらい、直先輩の筆跡《ひっせき》にもどことなく通じるものがあった。

「あ、本当だ♡　嘘、英二さんって字までこんなにかっこよくって綺麗だったんだー♡　すっごーい♡　字って性格がでるって言うけど、真っ直ぐ伸び伸びしてるじゃん♡」

僕は、先生に呼び出されて怒られているにもかかわらず、また一つ知った英二さんに感動しちゃって、問題集を眺めながら満面の笑みを浮かべてしまった。

「ねぇねぇ先生、この字さ、僕の引き取り主の字なんですけど、先生より綺麗だと思わない？」

いらないことも言ってしまった。

「朝倉菜月ーっっっ！　お前はここに呼ばれた意味がわかってんのかっ！　俺はお前の引き取り主の自慢を聞くために呼んだんじゃないんだぞ！」

大失態だった。

「ごっ…ごめんさいっ！　だって本当のことだからっ」

「何っっっ！　お前って奴は本当にっっっ！　なんでそういうとこだけ正直なんだ！」

大墓穴だった。鴇田先生は、本当のことを言われてマジ切れしてしまった。

「だって、だってごめんなさーいっっっ！」

ただ周囲の先生たちは、そんな僕と鴇田先生のやりとりがおかしかったらしくって、クスクスと笑い声を響かせた。

「………ったくも菜月は、しょうがないな」

しかも、たまたま教員室に入ってきた直先輩まで、側に寄ってきて吹き出して笑ったもんだから、鴇田先生は切れた自分が情けなくなってきたんだろうか？　頭を抱えこんでしまった。

「家族と離れた早々にこれじゃあ、やっぱりロンドンに連れて行けばよかった！　って、言われかねないよ。そうじゃなくても菜月のパパは、呼びつける理由ができるのを、手ぐすね引いて待ってるかもしれないのに♡」

「そっ、そんな！　直先輩ひどいよ！　絶対に告げ口したらだめだからね！　先生も、鴇田先生もロンドンまで電話して告げ口なんかしたら嫌だからね！　僕はここにいたいんだから！」

「………朝倉」

「ズルしたことは謝るから！　反省もいっぱいするから！　だからお願いっ！」

いや、きっと僕の「絶対にロンドンには行きたくないの！」っていう、うるうるの哀願《あいがん》の眼に流されちゃったんだろう。頭を抱えながらも真新しい二冊の問題集を僕に突きつけると、

「わかったわかった。お前みたいな甘ったれが、片割れの葉月と離れてまでこっちに残ったんだ。それ相応の理由はあるんだろう。ロンドンへの告げ口だけは勘弁《かんべん》してやるから、これをもう一度、今度は自分できちんとやって、今月中に提出し直せ」

ちゃんと宿題をやり直してきたら許してやる…って言ってきた。

直先輩は僕のほうをチラッと見ながら、小さくウィンク。僕はちょっと『なるほど…。こういうことか』と思って、何気ない直先輩の陽動《ようどう》作戦の意図《いと》に感心した。

ただそうはいっても、問題集を渡された僕の手には、なんだかずっしりとした重みがあった。

「…………先生、でもコレ二冊あるんだけど。しかも、違う種類のやつ」

「ズルしたペナルティに決まってんだろう。その代わりに放課後の居残りや便所掃除は免除してやるから。頑張ってちゃんとやるんだぞ」

「はーい……」

その場はとりあえずうなずいたけど、僕は『最悪だっ。結局宿題が倍になっちゃったよっ！』っ

ていう事実に、内心号泣していた。

「あ、そうだ。それともう一つ。朝倉、お前通知表の保護者欄《らん》に判子《はんこ》押してくるの忘れてたから、今日持って帰って押してもらってこい」

でも、別のことを切り出されて、僕は通知表を受け取りながらポカンとしていた。

「…………判子、ですか？」

「ああ。一応現段階で学校側には、お前の保護者は居候先の早乙女さんってことになってるから、ご主人にでも奥さんにでも頼んでもらってくれ」

「ごっ…ご主人っっ！　そんな先生、ご主人だなんて♡　そりゃたしかに僕は扶養家族ですけどぉ」

だからというわけではないだろうが、僕の耳には〝ご主人〟のあとに付け足されていた〝奥さん〟という単語が全然聞こえてこなかった。

「ん？　なんか不都合か？」

「いっ、いいえ！　もらってきますっ！　はいっ、ご主人にっっ♡」

『って、そんなはずないじゃんよ！』

はっきりいって、僕はそうとう恥ずかしい勘違いをした自分に気づくと、先生相手に頬を真っ赤にしてまった。

『僕の馬鹿っ！　ちょっと考えりゃわかるだろうにっ』

普通、家族全員が海外に引っ越しちゃって、高校生が一人で知り合いの家に預けられる…って設定なら、預けられた先には、それなりの家族構成が存在すると思うわけだ。

まさか、兄弟でも従兄弟《いとこ》でも親類縁者でもない英二さんが、しかもまだ現役大学生の英二さんが、僕をまるでお嫁さんのように受け入れているなんて、考えるはずもないんだから。

ましてや、先生にそんなことを考えられてたら世も末だろう。

なのに、僕は…………。

「……くっ」

直先輩は、僕の信じられないような勘違いに気づいていたんだろう。何気にお腹のあたりを押さえると、笑いを堪《こら》えて苦しそうだった。

「あ、来生くん！　丁度《ちょうど》いいところにいた！　留学試験の日程の件で話があるんだが、ちょっといいかね」

でも、それも他からかかった鶴《つる》の一声でピタリと止まった。

「それじゃあ、菜月。ちゃんと今度こそは、自力問題集をやるんだよ。くれぐれも早乙女さん家のご主人に、ご迷惑をかけないようにね！」

「…………うっ！」

僕をからかうようなことを言って背を向けると、自分の担任の先生のほうへと、真っ直ぐに歩いて行ってしまった。

まるで、ロンドンにいる葉月のもとに、真っ直ぐ向かっていくように——。

『……直先輩』

ふと、なんだか僕は〝これが現実なんだよな…〟って、しみじみ思った。

今僕の隣に葉月がいないのも。もうしばらくしたら、校内で直先輩に会うこともなくなっちゃうのも。帰る場所が違うのも。待っている人が違うのも。

僕は自分で選んだとはいえ、もっとも側にいる周りの人のすべてとたった一人の英二さんを、迷うこともなく引き換えたんだ。

『だからなのかな？　英二さんが、今まで以上に優しく接してくれている気がするのは。今日だけだぞ…なんて言いながらも、わざわざ学校まで車で送ってくれたりしたのは』

僕がこんな気持ちにならないように。

引き換えたすべての人達の分を、たった一人で埋めてくれようとしているのかな？　なんて、思っていたからだろうか。

「ところで朝倉、お前がわざわざ一人で残ってるのに、なんで来生のほうが留学するんだ？」

僕は小声でポソッと聞かれた鴇田先生からの質問に、

「え？　それは直先輩が僕と別れて葉月と恋人同士になったから」

ポロッと口を滑《すべ》らせた。

問題集と通知表で口を塞いだところで、あとの祭りというやつだ。さわやか笑顔の鴇田先生の顔つきが、一変して渋いものになってしまった。

『げっ！　いくら本当のことだっていったって。バンバン噂《うわさ》にはなっちゃってるっていったって。本人から先生に向かって言うことじゃないよ！　しかも僕達全員男なのにっっ！』

「あ…すまん。噂じゃなかったのか。悪いこと聞いたな」

「いっ…いえ。ちっとも悪くはないですっ」

僕の顔もピクピクしている。

「でも…じゃあ、逆に〝だから〟お前だけがこっちに一人で残ったってことなのか？　来生が、留学することをわかってて……」

けど…そうか、場合によっては、そんなふうにもみられることがあるんだ…って思うと、僕は今後誤解を招かないために、これだけははっきりと否定しておこう…とか思った。

「そっ、それも違います。僕が一人でこっちに残ったのは、好きな人がこっちにいるからです」

「好きな人？」

「ええ♡　英……っ！」

しかし、これを正直に言ってどうする！　って内容なのは、さすがに馬鹿な僕でも気づいたから、

「がっ…学校の友達とか、学校の先生とか。とっ、鴇田先生とも離れたくなかったしっ」

苦しい言い訳（まるっきりじゃないけど）をしてみた。

「………そっ…、そっか。俺も入ってるのか、一応」

でも、やっぱり取ってつけたみたいに言ったのが災いしたのか、鴇田先生の顔が複雑なものにな

っている。

『これはやばいか？　わざとらしすぎたかな？　怒って宿題倍にされたら、僕のラブラブ生活は一巻の終わりだ！』

「そっ、そんな一応だなんて！　先生みたいに若くて優しくてカッコイイ先生なんか、ロンドン中探したっていませんって！　やだなもぉっっっ！」

僕は、目いっぱいおだてながら後退《あとずさ》りをすると、問題集を翳《かざ》しながら、

「じゃあコレ、頑張りますんでっ♡」

これ以上ヤバイことを口走るといけないから、ペコリと頭を下げて逃走した。ただ、僕が立ち去ったあとに、鴇田先生は他の先生から、

「いやー、若くてカッコイイ先生は褒められ方が違っていいですなー」

「本当本当、うらやましい限りですな～」

「えっ？　いや、そんなっ」

むちゃくちゃからかわれている（いや、嫌味かも…）声が教員室の外まで響いてきちゃって、僕は心の中で「ごめんなさい！」と手を合わせてしまった。

せめてこの問題集はちゃんとやるから！

今度こそ忘れないでまじめに自分でやり終えるからーっっって。

懺悔《ざんげ》しながらも教室に戻ると、帰り支度をして家路《いえじ》を急いだ。

2

ラブラブとウキウキで始まった一日が、急転してしまった放課後。けど、それも家に帰れば、英二さんが帰ってきてくれれば、また二人でラブラブでウキウキな展開になるよねー♡　なんて、僕はたかをくくっていた。

英二さんは、僕が通学して最初の一日目ということを、きっと本当に気にかけてくれたんだろう。午後は用事があって…なんて言ってたけど、僕がマンションにたどり着いた頃には、時間を合わせたように戻ってきてくれた。

「んじゃ、飯の支度の買い出しにでも行くか？　食いに行ってもいいけど、菜月もここで暮らすようになるんだから、近所で買い物ができる場所を覚えといたほうがいいだろう」

「うん！　行く行く♡」

『二人で初めてする、夕食の買い出し♡　二人で初めてする、夕食の支度♡　なんか本当に新婚みたいじゃん♡』

僕の英二さんとのラブラブ妄想《もうそう》は、暴走することはあっても、決して止《とど》まることをしらなかった。

「あ、でも忘れるといけないから、先に判子押してもらっていい？　通知表に押してなかったから、先生に押してもらえって言われちゃったの」

「あ？　俺のでいいのか？」

「英二さんのじゃなきゃだめなの！　だって今の僕の保護者&ダーリンは、英二さんしかいないんだよ♡」

「………そっか」

僕は、なんだか婚姻届に判子でももらうような浮かれ方で、英二さんに通知表を手渡した。

英二さんもなんだか嬉しそうな顔をして通知表を受け取ると、そのまま寝室というか自分の部屋に、判子を付きに入っていった。

『僕の通知表に、早乙女って印鑑押されちゃうんだよね♡』

他人が聞いたら、いや、多分葉月が聞いても呆れちゃうぐらい些細なことだとは思う。でも、でもっっっ、込み上げてくる〝嬉しい♡〟って気持ちは、我慢できないし抑えきれない。

『本当に僕ってば、英二さんのものって感じじゃん♡』

僕は制服を着替えながら、顔が歪《ゆが》んでいくのが止められなかった。

「菜月っっっ！」

「はーい♡」

けど、けどぉっっっ。

そんな僕の部屋に、英二さんは蒼白《そうはく》な顔つきで…っていうより、激怒《げきど》してる？　なんで？　って顔つきで、通知表を握り締めて飛びこんできた。

「こっ…この成績はなんなんだ？　どうしたらこんなに綺麗にアヒルが行列作って一列に並んでんだ!?　しかも赤い波がところどころにあるじゃねぇか！　お前の学校の成績表、もしかして今どき三段階なのか？」

「………へ？」

「へ？　じゃねぇ、へじゃ！　成績評価は三段階なのかと聞いてるんだ！」

「ううん、五段階だよ。今どき三段階評価の高校はないでしょ？」

しかも僕がサラリと答えると、英二さんは一瞬目を見開いた。

「――――なっ…何!?　じゃあお前、五段階評価でオール2なのか？」

「うん！　でも欠点はないから♡」

「そういう問題じゃねぇだろうが！　欠点なんか一個ぐらいあってもいいから、5とか4とか取れる教科は一つぐらいないのか？」

僕ににじり寄ってきて、どうしてそんなこと聞くの？　ってことを、怖い顔をして聞いてきた。

「うん。ない」

「なっ、ないって言うな、ないって！　しかもサラリと言いやがったな！　お前の親父は、俺に向かって旅立ち際に、〝そういえば私と妻はオックスフォードで知り合った仲なんだよ♡〟とか嫌味全開でかましやがったんだぞ！　なのに、あのキラキラでバリバリな秀才親父と、意外に頭がよかったキャルるんママは、それでお前を笑って許してきたのか？　ここまで育ててきたのか？　ん!?」

「うん。父さんも母さんも、菜月はいつも元気で笑顔が絶えなくて、一個も欠点がないんだからそれで十分だって言ってくれたよ♡」

「────!!」

「それに、僕風邪《かぜ》引いたことないから、病気で母さん困らせたこともないし。怪我《けが》って怪我もしたことないんだよ。だから、子供は素直で健康なのが一番の親孝行《こうこう》だって♡　あ！　だけど、父さんと母さんの優秀な知能は全部葉月にいっちゃってるから、全くどこにも受け継がれなかったわけじゃないよ。多分細胞分裂のときに偏っちゃったんだと思うけど、ああ見えて葉月は英二さんが思ってるより頭いいんだよね。でも二人ともできないよりは、片方でもできるほうが、両親も救われたと思わない？」

僕は、どうして英二さんが怪訝そうな顔を見せるのか、その理由がわからなかった。だから僕が思ってきたことを、ただ正直に英二さんに伝えることしかできなかったんだけど……。

「思わない？　って…菜月。お前はそれで、葉月に細《ささ》やかなりにもコンプレックスとか感じたことないのか？　双子だろう？　しかもお前ら一卵性で、ほぼ同じ遺伝子持ってるんだろ？」

英二さんは、僕が想像もしてなかったようなことを真顔で聞いてきた。

「なんで？　葉月は小学校のときからいっつも学年トップで、僕の自慢の弟だったよ♡　ときどき僕の成績表見て、これはこれで技モノだって感心してたときはあったけど♡　どんなに頭のいい葉月でも、取ろうと思って取れる成績じゃないって♡　こんなにギリギリなのに欠点が一度もないって、神業《かみわざ》かもしれないって真顔で言ってたよ♡」

「……そら、たしかにそうだわな。こんな成績を小・中と九年間も維持できて、揚げ句に高校に入ってまで続くって言うなら、それはそれで一つの才能かもしれねぇ。俺にもきっと真似できねぇ」

「でっしょー♡」

「だから、でっしょーじゃねぇだろう、でっしょーじゃっ！　褒めてんじゃねぇぞ、俺は！　呆《あき》れてるんだぞ心底から！　お前自身にも、お前の家族にもっ！」

しかも、唐突に怒鳴って呆れて馬鹿にした。

僕は、さすがにカチンときて怒鳴り返した。

「ひっ…ひどいよ英二さんっっ！　なんで僕だけじゃなくって、父さんや母さんや葉月のことまで悪く言うのさっっ！　頭悪いの僕だけじゃんよ！」

「だったら家族で一致《いっち》団結して、せめてオール3ぐらいまで引っ張り上げろって言うんだよ！　じゃなきゃせめて、1もあるけど5があるって方向に持っていってやれって言うんだ！　今は一芸で大学入れる時代なんだから！　それだけでもこのアヒルの行進よりはいいんじゃねぇのか？」

「――――――!!」

けど、理論的には英二さんの言うことはもっともで、僕は二の句が告げなかった。

たしかに僕は、無芸大食ってやつかもしれない。

「しっかもあの親父っっっ。これで菜月を向こうの大学に入れるとかほざいてやがったのか？　しかも、空港の別れ際で俺を取っ捕まえて、最低の教養として大学までは必ず出せとか追加注文しやがったくせに！　何が君に大切なハニーをまかせるんだから、それだけは約束してくれだ！　万が一にも菜月が色惚けして成績を落とすようなら、その時点でこの付き合いは強制的に終わらせるだ！　そこまで言うなら〝それなり〟なんだと思ったから、俺は〝はいわかりました、任せてくださ い〟と胸をたたいたのに！　そもそも落ちるほどの成績が存在してねぇじゃねぇか！　これで本当に進級できるのか、俺はそのほうが先に心配になってきたぞ！」

でも、それはあくまでも理論的なものであって、感情的に納得できるかといえばそうじゃない。

そんなことを英二さんに頼んでいった父さんも父さんなら、僕の成績そのものを、これっぽっちも知らないで引き受けた英二さんも英二さんだと思う。

しかも、それで僕が馬鹿なまんまだったら、強制的に別れさせるってどういうこと？

誰も大学に行きたいなんて言ってないのに、行かなきゃ英二さんと別れろってことなの？

いい成績が取れなかったら、好きな人と恋もしちゃいけないって言いたいの？

「…………っ」

僕は、英二さんから成績表をひったくると、感情に任せて破り捨てていた。

「菜月っ！」

「どうせ。どうせ僕は馬鹿だよっ！　葉月に全部脳味噌《のうみそ》もっていかれたよ！」

英二さんに激昂《げっこう》を浴びせると、僕は破り捨てた通知表を足元にたたきつけた。

「でも、それの何が悪いんだよっ！　これでも僕は、なんにもしなかったわけじゃないよ！　できるだけの努力はいつだってしてきたし、頑張ってもきたよ！　今日みたいなズルして怒られたのだって、はっきりいってこれが初めてだし！　僕は宿題やるのを忘れてたからどうしよう？　とは言ったけど、だから英二さんに代わりにやってなんて一言だって言ってないじゃん！　僕は馬鹿かもしれないけど、そういう卑劣《ひれつ》なことは思いつかないし、頼もうと思ってなかったよ！」

「…………卑劣って」

完全に逆切れした僕に、英二さんがちょっと引く。

「それに！　それにどんなに0点取るかもしれないってわかってたって、僕は一度だってカンニングもしたことないし、葉月が何度も〝身代わりでテスト受けるよ〟って言ったたって、一度だって〝じゃあお願い〟とは言ったことないよ！　他人や世間に後ろめたい想いするぐらいなら、僕は堂々と0点取ったよ！　父さんも母さんも葉月も、だから頑張って取ったオール2なら笑ってよくやったねって言ってくれたんだよ！」

でも、僕の激昂は止《とど》まることを知らなかった。

こんなのはっきりいって、ただ自分の馬鹿を自慢しているようなもんだって、頭の片隅にはあったけど。

「……なっ、菜月」

よりによって、大好きな英二さんに本当のことを言われたのがとってもショックで。

しかも、自分では何気なく見て見ないフリをしてきた〝細やかなコンプレックス〟が、突然自分の中に丸見えになっちゃって。

僕はブチ切れたままその場にしゃがみこむと、泣き叫びながら英二さんに怒鳴り散らしていた。

「僕だって、僕だってアヒルの行列が自慢だなんて思ってないよ！　しかも、ところどころ限りなく欠点に近いアヒルなんだぞって赤線引っ張られてるのが一個や二個じゃないこともわかってるよ！　でも、でもいくら頑張っても、世の中の人間全部が全部、成績にちゃんと繋がる奴ばっかりじゃないんだもんっ！　一流大学の法学部に、なんとなく受けてみたら受かっちゃったとか言ってる英二さんに、どんなにやってもここまでしかできない僕の努力なんか、気持ちなんか、わかりっこないんだよっっっ！」

もう顔なんかぐちゃぐちゃだし、声だって掠れ気味だし。それこそ、わめき散らしながらも手は自然にティッシュを求めて、色気もそっけもないけど鼻水をビービーとかんでしまった。

「ひっくっ…。なのに…。なのに勝手に父さんとそんな約束したからって…。僕にそこまで言わなくたっていいじゃんよっ…っっ」

できなくっても許されてきた…なんて、思ってはいなかった。

けど、頑張ってる努力だけはちゃんと認められてきたって思ってたから。だから、このままの僕でもいいんじゃないの？　って思ってたから。

それを真っ向《こう》から否定されたみたいで。

葉月のほうが偉かったんだ、英二さんに相応《ふさわ》しいんだって言われたみたいで。

僕は悲しくって悔《くや》しくって、でも情けなくって仕方がなかった。

「悪かったよ、菜月。俺が言いすぎた。言い方も悪かった。ごめん」

英二さんは一緒になって僕の側にしゃがみこむと、僕の頭を撫でながら、神妙な顔つきで謝ってきた。

「そうだよな。言われてみりゃ、お前は結果はともかく、何ごとにも最善を尽くして立ち向かっていく奴だもんな。だからこれでいいんだって、これでも十分なんだって、あのママや親父や葉月なら、笑ってお前に言ってのけるんだよな。逆を言えばそんな家族だから、俺みたいにやさぐれねぇで、こんなに真っ直ぐで可愛《かわい》くて、愛情いっぱいの菜月に育ったんだろうからな」

『……………え？』

でも、その謝罪はなんだか〝謝罪だけ〟って内容ではなくって、僕は思わず泣き顔を上げた。

「一緒にして悪かったよ。いや、そもそもお前と葉月を、俺と雄二《ゆうじ》にダブらせてムキになった俺が間違ってたんだ。自分では吹っきったつもりでも、まーだ吹っきれてねぇシコリが、俺のどっかにあるのかもしれねぇけどよ」

英二さんはそんな僕の涙を拭《ぬぐ》うと、胸がギュってなっちゃうような微苦笑を浮かべた。

「……………英二さんと、雄二さん？　吹っきれてない…シコリ？」

こんな哀《かな》しそうな表情は、何度となく見たことがあった。

普段の俺様な英二さんからは、決して想像もつかないような顔なんだけど。これは、自分の想いが相手に通じていない。ちゃんと相手に届いていない。そんなやるせないときに浮かび上がってくる、英二さんのナイーブな一面だ。

「ああ。前に連れて行ったうちのショーのときに、一度顔を見てるだろう？　俺の双子の弟にして、SOCIALの看板デザイナー。鬼才と言われたうちの親父を、中学の頃には跪《ひざまず》かせたっていう、早乙女一族一の天才デザイナー、早乙女雄二をさ」

「お父さんを跪かせた…天才、デザイナー？」

僕は英二さんにそう聞き返しながらも、聞き返してしまってよかったんだろうか？　と、一瞬脳裏に後悔が過ぎった。

なんせ英二さんのお父さんは、数えきれないぐらいに溢れている服飾業界《アパレル》に、燦然《さんぜん》と輝くSOCIALという高級ブランドと会社組織を、たった一代で興《おこ》してしまったとてつもなく凄《すご》い人だ。

それこそ僕の頭程度じゃ、どれほど凄いことなのか想像さえもできないけど。その凄さの意味をちゃんと理解している人間が、僕の周りには意外にいた。

それは、実はうちにあるフォーマルやスーツは、すべてSOCIALなんだよ…って言っちゃうような直先輩が、初めて英二さんの正体を知ったあとに、僕や葉月に話してくれたことだけど。

SOCIALというブランドは、もともとメンズスーツ（主にフォーマル）のテーラー（お針子さん）としては、本場イタリアやイギリスでも、超一流と評価されてきた英二さんのおじいさんの技術に、お父さんがデザイン性というものを投入したことから始まった、本当に家内作業から生まれたものなのだそうだ。

それこそ注文を受けたらお父さんが、注文主の体型にあったデザインをして、それをおじいさんが丁寧に丁寧に作り上げるという二人三脚で。年間に何着しか作れないような親子の手作業の中から生まれた、だからこその希少《きしょう》価値で、高級と名を打つほどの品質と値段が、自然に生まれて育っていったものらしかった。

けれど、それが予想以上に名だたるお金持ちさんというか、アイテムにこだわりを持つ男たちの間に口コミで広まって、思いがけない注文が殺到してしまった。

テーラーだったおじいさんは、どんなに注文がきたところで、自分の体は一つしかないと首を横に振ったんだけど、デザイナーであるお父さんはそうじゃなかった。

もっともっと自分のデザインしたものを、いろんな人に着てもらいたかった。

だから、だったらおじいさんほどの技術者をかき集めて、自分がデザインしたものを作ってもらえば、せっかくもらった注文に、それなりには応じられるんじゃないか？　と発想したわけだ。

ただ、ここからは直先輩じゃなくって、実はSOCIALのスーツは愛用の一着に入っている…っていう、僕の父さんや従兄弟のウィル（二人とも正真正銘《しょうしんしょうめい》の英国紳士。しかも世界共通の標準服を作ったといわれる、スーツの仕立てにはちょっとうるさい国の人だ）が、話してくれたことだけど。その単純明快な発想から、超一流と呼ばれる高級ブランドメーカーとして飛躍《ひやく》していったのは、ある意味英二さんのお父さんの持っている〝奇跡を呼び起こす力〟か〝底なしの悪運〟だろうと言っていた。

なんでもこれはSOCIALのみならず、どこのブランドさんにも言えていることらしいけど。世に出られるデザイナーは生まれてきても、そのデザインを〝完璧な形〟として作り出すことのできるテーラーの存在は、本当にまれなのだそうだ。

特に製造段階での機械化が発展し、既製《きせい》品と呼ばれるものが主流になってきた時代からは、テーラーの存在そのものが以前より求められなくなったから。優秀なテーラーそのものが育たなくって、激減しているといっても過言ではないそうだ。

そんな中で、希望どおりのテーラーを手に入れるというのは、そうとう難儀《なんぎ》なことらしい。

英二さんのお父さんの場合は、本人の才能もさながら、おじいさんが本当に著名《ちょめい》なテーラーであったことがラッキーだったんだろうとウィルは言っていた。

いざ人を集めたいといったときに、同業者にも顔が利いただろうし、お弟子さんになりたいとか、一緒に仕事をすることで修行したいとか思う優秀なテーラーを、極自然に集めることができたんだろうって。

それに、どれほどの技術を持ったテーラーにとっても、いいデザイナーとの巡《めぐ》り会いがなければ、自分の仕事人としての業績はこの世には残せない。

そういう意味では英二さんのお父さんも、自分の才能でより優秀なテーラーを、自分の手元に呼び寄せることに成功した人なのだろう。

シャツ一枚に何万円、スーツ一着に何十万円。

僕からすれば、どうして？　なんで？　って品物だけど、それは伊達につけられた値段ではないことが、僕は直先輩やお父さん、ウィルの説明を受けて多少なりにも納得することができた。

もともとの生地の質のよさに、機能的かつ魅力的なデザイン。

そしてそれらのよさを最善に生かし、形にすることのできる繊細《せんさい》かつ匠《たくみ》なる手作業と技術。

そのすべてがそろわなければ、そしてその価値が認められなければ、なおかつ維持できなければ、今のSOCIALはあり得ないし、存在さえしないいんだ。

なのにそれが存在し、なおかつ受け継ぐ者たちまで着々と育ち、スーツだけではない！　メンズだけではない！　ましてやフォーマルだけではない！　っていう総合服飾ブランドとしてまで拡大し、国内業界でも十指に数えられるほどに上り詰めた英二さんのお父さんは、本当に本当に〝凄い人〟ということだ。

デザイナーとしても。社長さんとしても。きっと、一人のお父さんとしても。

『なのに…、そんなお父さんが、跪くの？　しかもまだ中学生だったときの弟さんに？　父でありながらも一人のデザイナーとして…。息子の才能を認めたからって…膝を折っちゃうの？』

それは、英二さんもスペシャル凄い人だとは思うけど、雄二さんという人も、そうとうに凄い人だということだろう。

しかもこの英二さんの表情からすると、雄二さんに少なからず、コンプレックスのようなものを抱いていた時期があるってことみたいだし――――。

「ああ。お前が葉月に脳味噌を全部持っていかれたって言うなら、俺は雄二に親父の才能は全部持っていかれたってことさ」

僕は、いつのまにか泣きわめいていた僕よりも、よっぽどダークになっちゃってる英二さんの顔を覗《のぞ》きこむと、一生懸命に訴えてみた。

「でっ…でも！　英二さんは抜群《ばつぐん》に頭もいいし、カッコいいし、別にそういう才能がなかったとしても、思いどおりのイケイケな人生送っていけるじゃん！　そりゃ雄二さんも英二さんの双子の弟さんだけあって、カッコいいし、頭もよさそうだけど。でも、舞台でスポットライトを浴びて、光り輝くようなタイプの人じゃないじゃないよ！　大自然さえも自分を引き立ててしまうような、そういう魅力を持った人ではないよ！　それに、頭だって実際は英二さんのほうがいいんでしょ？　だったら僕が葉月と比較されて滅入《めい》っちゃうような理由にくらべたら、全然なんてことないじゃん！」

なんか、こういう形で自分を引き合いに出すのも「ん？」って感じだったけど。でも、どんなものを引き合いに出しても、僕は英二さんに落ちこんだままでいてほしくはなかったから。

「……………まぁ、そう言われるとそうなんだけどな。お前らの偏り方を出されたら、俺なんかすげぇマシだと思うけど」

英二さんは、そんな僕のフォローをちゃんと受け止めると、ちょっと意地悪を言いながらも、僕のことを抱き締めてきた。

「そんなことないよ…ぐらい言わないのが、本当に英二さんだよね。謙遜《けんそん》するよ、普通はさ」

「悪かったな！　謙遜一つしない高飛車《たかびしゃ》野郎で！」

僕に覗かせてしまった一面を、なんとなーくごまかすように。

とぼけるように。からかうように。

英二さんは僕のことをギュッって抱き締めると、そのまま床へと押し倒してきた。

「けど…、人間って奴は欲張りだからよ。どんなに優れたものを与えてもらっても、それが一番身近な家族から外れたものなんだってわかると、そうじゃないものが、ちゃんと同じものが自分にも欲しくなったりするんだよ。兄貴も姉貴も、親父の才能を受け継いで生まれてきた。そして雄二にはそれ以上の才能が与えられた。けど、一緒に生まれた俺には、そんな才能は一片のかけらも存在しなかった。自分で認めんのも腹が立つんだけどな。この事実だけは、どうにもこうにもならなかった……」

そして僕の首筋に顔をうずめると、ポソッ…って付け足すように呟いた。

「ずっと…俺だけが兄弟の中からはみ出していた。そんな気持ちになって、ないものねだりばかりをしていた頃があった」

だから、僕は僕からも、英二さんのことを力いっぱい抱き締めた。

本当は思い出したくなかった、言いたくなかっただろう英二さんの中の凹《へこ》んじゃってる一面を、英二さんはきっと僕に謝罪するために、打ち明けてくれた気がしたから。

僕のほうこそ、自分の馬鹿を棚に上げて、あんな言い方しちゃってごめんなさい…って気持ちをこめて、英二さんのことギュッってした。

「菜月…」

英二さんは、「わかったよ」って言ってるみたいだった。

お互いに、「なんか変なことで言い争ったり、落ちこませ合ったりしちまったな…」って、言ってるみたいだった。

「……英二さん…」

一緒に生活できるようになって、たしかに今まで以上に僕と英二さんの距離は縮まった。

けど、だからこそ、全く知らなかったお互いのことが、きっとこれからはこんなふうに、少しずつわかっていくんだろうな…って、僕は思った。

いいことも、悪いことも。

お互いの過去も、人間関係も。

いろいろ、本当にいろいろなことが――――。

「……英二さ…ん♡」

僕は、抱きつきながらも自然と瞼を閉じていった。

ああ…またこんなところで、こんな時間から、Hなことしちゃうかも…って思いながらも。このままいっぱい、もっと強く抱き締めて…って、伝えるように。

「……菜月」

「英二さ……ん」

きゅるるるるっっっ…。

「―――――!!」

けど、だけど。

堪え性のない僕のお腹は、ときも場所も選ばずに「お腹空《す》いたー」って、鳴いてしまった。

それどころかしっかり抱き締め合ってたもんだから、音どころか振動まで英二さんに伝わっちゃって。英二さんは体を起こすと、肩を震わせて笑っていた。

「ぷっ！　やっぱ夕飯の買い物と、飯の支度が先だな♡」

そして僕のことを引っ張り起こすと、

「着替え終わったら行くぞ」

って言いながら、いったん僕の部屋を出て行った。

僕は鳴ったお腹が恥ずかしくって情けなかったけど、英二さんから苦笑がすっかり消えたから、これはこれでよしとしてしまった。

実際にお腹が空いていたこともたしかだったし。くらべてみるなら、今は色気より食い気かも…

って、思えたから。

ただ、改めて着替えの続きをしようって、私服に手を伸ばしたときだった。

『あーっっっ！　しまったっっっ!!』

僕は視界に、自分で破り捨てた通知表が飛びこんできて真っ青になった。英二さんからは消えたけど、僕自身が苦笑するしかない…ってオチになった。

「着替えたか？　行くぞ、菜月」

「あ、はーいっっっ！　今行くーっっっ！」

『しょうがないか。あとでどうにかしよう……』

僕は破いてしまった成績表を机にしまうと、気を取り直して私服に着替え、急いで玄関先までダッシュした。


外に出ると、そろそろ日も短くなってきていて、太陽は西の空から消えていこうとしていた。

「で、何食いたい？」

「うーんとね、英二さんの食べたいものでいい！」

それは、ほんのちょっとの。しかも近所にあるマーケットに夕食の材料を買い出しに行っただけの内容だったけど、やっぱり僕には最高のデートだった。

「それじゃあ、答えになってねぇじゃん。菜月のママほど得意じゃねぇが、それなりのもんなら俺にも作れるぞ」

「えー、本当！　じゃあね、オムライス！」

「おっ…オムライスね。了解」

だって、大好きな英二さんと、一緒に夕飯のメニューを決めて、一緒に材料を買いこんで。そのうえ同じ場所に帰れるってところが、本当に特別な関係なんだな♡　って感じられて。僕は、買い物の間中、足取りをフワフワ・フワフワとさせていた。


でも、そんな気持ちでマンションに戻って、一緒にキッチンに立って、これからさぁ一緒に御飯も作って食べるんだー♡　なんて思っていたら、英二さんは突然僕に何かを突き出してきた。

「ってことで菜月♡　やっぱ〝新婚さんいらっしゃい〟な俺達としては、ここで裸エプロンはお約束だろう♡」

「………は？」

「だからよ、裸エプロン。昼間出かけたときにお前に似合いそうなのを買っておいたから、着てるもん全部脱いで、これだけつけて俺に見せろ♡」

しかも、いきなりとんでもないこと言ってきた。

「はっ…裸エプロンっ!?　しかもエプロンを買いに行った!?」

僕のフワフワは一瞬にして吹き飛んだ。

そうじゃなくてもちょっと高めな僕の声が、ひっくり返ってなおさら高くなる。

英二さんの唐突な要望（要求？）は、それぐらいストレートかつ大胆で、聞き間違えようもなくはっきりとしていた。

「おうよ！　家にも何枚かはあったんだがな。どれもこれも飾りっ気のねぇ、機能性第一がモットーの姉貴のデザイン・エプロンだったからよ。わざわざライバル社である〝アンジュ（天使）〟の店まで行って買ってきたんだぜ。まぁ、敵の売上に貢献《こうけん》するのは気が引けたんだがな、新妻を飾るエプロンなら、やっぱりリボンとフリルとレースは外せねぇだろう♡　ってなると、夢見る乙女のアンジュ・ブランドしかねぇと思ってよ」

しかも英二さんは僕に妙な力説すると、折り畳《たた》んで手に持っていたリボンとフリルとレースがいっぱい付いた真っ白なエプロンを、僕に突きつけるように広げて見せた。

「――――えっ…英二さん！　そんなことのために、一枚三万円はするんじゃ…ってブランドもののエプロンを、わざわざ買いに行ったわけ？」

それは、僕にもちょっとはわかる、有名ブランドのモノだった。

なんせ何年か前に母さんが、散々迷って買うのを諦《あきら》めていたのを見て、『エプロンの一枚も買えないぐらい、うちって大変なのかな？　やっぱバブルが弾けたから？』なんて思ったときに、『だったら母の日にでもプレゼントしてあげよう♡』とか思って、葉月を誘って買いに行って。ものの見事に玉砕《ぎょくさい》して帰ってきた、究極かつ高価なエプロン様々だったから。

「あたりまえだろう。初々《ういうい》しい新妻の裸エプロンで、しかもお前に着せるんだ。なのにアイテムにこだわらずに、なんにこだわるっていうんだよ。第一、新婚さんの聖域の一つ！　キッチンにおけるウエディングドレスってやつだぞ、この一枚は！」

「きっ…キッチンにおけるウエディングドレスって。その考えは、どう見たってイッちゃいすぎてるよ、英二さん」

僕は「だからどうして、英二さんってばそういう人なのっ！」って叫ぶのをグッと堪えながら、広げられたエプロンを両手で押し返し、丁重《ていちょう》に丁重にお断りした。

「いや、全然イッてる意見じゃねぇぞ！　これはありきたりなようだがな、健康な男子の心理統計学からいったら、絶対に外せねぇシチュエーションの一つだ！　男は人生において〝一度ぐらいは裸エプロンをやらせてみたい〟という願望を、百パーセント抱いている！　しかも、それは簡素なエプロンじゃ興奮が半減する。純白のウエディングドレスを彷彿《ほうふつ》させるような品もんじゃなきゃ、メラメラっとは燃えねぇんだ。……って、ところまでコミコミな一般常識だ！」

でも、そんな生やさしい断り方で、すっかりその気になっている英二さんが、諦めるはずはなかった。また得意のうんちくをこねて、僕を理屈で丸めこもうとしてきた。

「そっ…そんなの誰が取った統計なの！　聞いたことないよ、そんな統計！」

だけど、今日ばかりは僕も負けなかった。

だって、さすがにこの話は嘘だろう！　言いがかりだよ！　って思ったから。

万が一あったとしたって、成人向けのエロ雑誌の巻末アンケートの集計結果でしょ！　って思ったから。

「そりゃそうだろう。うちの大学の昔々の卒業生が、中等部・高等部・大学部の全生徒からアンケートを取って、卒論にまとめて世間を揺るがしたっつー〝伝説のアンケート集計〟だからな♡」

「――――そっ卒論!?」

けど、英二さんの話の裏づけは、それこそ世も末なんじゃゃ…ってお話だった。

「おう。無名記だったのが幸いしたのか、なんでも七割の男が〝着せてみたい〟と答えを出したらしいぞ♡」

「でっ、でも残りの三割は違うんでしょ！　だったら百パーセントじゃないじゃんよ！」

「いや。残りの三割は〝着てみたい〟という答えだったから、結果的には全員エプロン・プレイは一生に一度ぐらいはやってみてぇってことなんだよ♡」

「きっ…着てみたいって。エプロン・プレイって」

しかもそれって、じゃあもしかしたら、そのアンケートでそういう答えを出した昔々の人達が、今の世の中を動かしているのかもしれないの？

どっかの会社で幹部とか、上司とかやってる人達かもしれないの？

だとしたら、今の世の中が悪いのって、その人達のせいなんじゃないの？　って、マジに思うようなお話だった。

『とっ…東都大学って、たしか超一流の〝私立の東大〟とかって呼ばれるような学校なんじゃなかったの？　しかもそこに入ることを熱望して勉強してきたはずの直先輩は、こういう人間がわんさかいるんだって、わかってて目標にしてたの？』

いや、〝知らぬが仏〟と思うのが、この場合は正しいだろう。

いくら直先輩が思った以上にカッ飛んだ人だったとはいえ、そんな変な統計を盾《たて》に取って、人に〝裸エプロン〟を要求するようなことはしないだろう。

『………葉月、よかったね。直先輩がイギリス留学を決めてくれて。目標のまま東都に入ったりしたら、卒業する頃には〝とっても変な人〟になってたかもしれないよ』

僕は、口に出したら絶対に英二さんがムキになって怒っちゃうようなことを考えていた。

「だからよぉ、葉月♡」

すると英二さんは不意を突いたように、広げたエプロンを僕の体に巻きつけてきた。

「やっ、やだよ！　冗談じゃないよっ！　そんな変態チックなことっ」

「変態チックはねぇだろう？　葉月が可愛いから、一度やってみたいだけだぜ♡」

「とってつけたようなこと言ってもだめ！　やらない！」

「まぁまぁそう言わず。ものは試しの一回でいいからよ♡」

しかも、どさくさに紛《まぎ》れて僕の服を脱がそうとする。

僕は、英二さんの手をピシャリとはたくと、断固抵抗の姿勢を示した。

「何がものは試しなの！　そんなこと言ったたって、英二さんの一回はいつも〝始めの一回〟じゃんよ！　一度やったら絶対に何度もやりたがるくせに！」

「なんだ、よくわかってるじゃねぇか。さすがだな」

けど、それぐらいのことで諦める英二さんではなかった。

「わかるよ！　あたりまえじゃん！　夕べだって結局、僕は引っ越し荷物のロープで、ぐるぐる縛《しば》られちゃったんだから！　目茶苦茶恥ずかしくって、死ぬかと思うぐらいだったんだから！」

「それを言うなら、目茶苦茶感じすぎて死ぬかと思ったの間違いだろう？　それにしたって大したことはしてねぇじゃん。ちょっと両手の自由を奪った程度で、菜月が嫌がるから亀甲《きっこう》縛りはやらなかっただろう♡　それに比べたら、エプロンつけて見せるぐらい、どってことねぇじゃんよ♡」

僕のことをすっぽりと抱き締めてくると、力づくでというよりは、甘え倒して迫り倒して、僕に了解させようとしてきた。

「どってことあるよ！　大体そう思うんなら、僕にやらないで自分がやればいいじゃんよ！　亀甲縛りでも裸エプロンでも！　英二さんがやって見せてくれるんなら、僕だってやってあげるよ！」

なので、僕は最後の手段（？）というやつにでた。

「あ？　なんだって？」

「だから、そんなに言うなら英二さんがやって見せてよって言ったの！　自分ができもしないくせに、僕にだけやらせて辱《はずかし》めるのはズルイでしょ！」

自分でやれるもんならやってみろ！　って言って、英二さんが持っていたエプロンを奪い取り、逆に英二さんに向けて突きつけた。

けど……。

「なんだ。それで了解するなら先に言えよ。いいぜ、菜月が見たいって言うならやってやるよ。そのかわり、俺がやったあとはお前も絶対にやれよ」

「――――えっ!?」

そんなのはしょせん僕にとっての最後の手段であって、英二さんにとっては全然大したことではなかったらしい。

英二さんは僕にエプロンを持たせると、自分の首から締めていたネクタイをスッと抜き取り、ダイニングテーブルの上に放り投げた。そして僕に意地悪そ〜うな笑顔を向けると、下から三つほどしか留まっていなかったシャツのボタンをスッスッスッって外していく。

「えっ？　えぇえっ？」

エプロンを握り締めながらおののく僕の前で、英二さんは両手でガバッとシャツを開いて見せる。逞しくてしなやかで、それでいて均整の取れた美しいまでの肉体が、僕の前にさらされる。

「まっ…まさか、本当にやるつもりじゃないよね？」

恐る恐る聞きながらも、僕は頭の片隅で、英二さんのこの肉体美に、このキャルキャルのフリフリエプロンがドッキングしたとこを想像してみた。

『――――』

愚《おろ》かだった。

怖かった。

ましてやそれがエプロンではなく、縄が絡みついたときのことを想像すると、なんか次元の違うものに感じられるほど、考えたくない光景だった。

それこそ僕ほどの容量しかない脳味噌でも、拒絶反応を起こすぐらい。壮絶《そうぜつ》で猛烈な衝撃《しょうげき》だった。

なのに、英二さんは鼻歌交じりにシャツを脱ぐと、皮のパンツに手をかける。

くびれたセクシーな腰が、どうしてだか浮かれて揺れている。

「やっ、やっ、やめてよ！」

「やなこったー♡　俺は菜月の裸エプロンが見てぇんだよ」

英二さんが、きっと心の中で舌をベロリと出しているのは、なんとなくだけど想像がついた。

「お前、俺がやったら自分もやるって言っただろう」

こうやってわざとらしく「さぁやるぞ」ってシチュエーションで脅《おど》かせば、僕が絶対に折れて「やる」って言うだろうってわかってるんだ。

だから、本当ならそんな脅しには屈しないもんね！　って、頑張りたいのは山々だった。

「わかったから！　わかったから脱がないでよっっっ！　脱ぐだけならまだしも、それで本当に裸エプロンなんかした日には、僕は明日にでもロンドンに行くからねっっっ！」

けど、それがわかっていながらも屈してしまうのは、英二さんは洒落だろうが脅しだろうが、内容にかまわず「やる」と言ったら本当にやってのける人だからだ。

「ちぇっ。なんだ。それじゃあ仕方がねぇからやめてやるよ。あんだけ騒いで手元に残したのに、今さらロンドンに行かれた日にゃ、キラキラ親父を喜ばせるだけだからな～♡」

『……………あ、僕ってば言い方の順番間違えたんだ。これを言うなら、無理やり裸エプロンさせるなら、ロンドンに行くからね！　って言えばよかったんだ』

しかも、言ったあとから自分の失態に気づいて、僕の悔しさは三倍ぐらいに跳ね上がった。

「んじゃ菜月、着替えろ♡」

『英二さんの鬼っ！　悪魔っ！　変態っっっ！』

僕は、まんまと言いくるめられたというか屈伏させられたことに、頬を膨らませながらもエプロンを両手でギュッって握り締めた。

「わかったよ！　やればいいんでしょ、やれば！」

いったん自室に引っこむと、心底から『なんてバカバカしいんだろうっっっ』って嘆《なげ》きながらも、衣類を全部脱いで、ドレスのようなフリフリエプロンだけを身に纏《まと》った。

「あ、意外だ。やっぱり値段がいいだけあって、凄く肌触りも気持ちいいんだ。なんか直接着たらチクチクするのかなとか思ってたのに。全然気にならないし、まるで肌着みたい♡」

不思議な感覚が僕に生まれた。

こんなフリフリなんか着たことは一度もないのに、デザインの問題や格好の凄さは別にして、なんかつけ心地だけならとってもいいかも♡　とかって感じられた。

「やっぱり、エプロン一枚とはいえ、値段って偉大なのかな？　アンジュって、たしか天使って意味だけど。このエプロン、なんだか天使の羽でできてるみたいに、肌触りがフワフワしてて柔らかいや♡　………って、違うだろう僕っ！　そういう問題じゃないだろうにっ!!」

もちろん、すぐに現実に戻ったけど。

「おい！　まだか菜月ーっ」

「行くよ！　今行くって！」

いっそ、現実に戻らないまま「このエプロン気持ちいい♡」とか言って、開き直れたらよかったかもしれないけど。

『それにしたって、これってお尻がスウスウするよっっっ。英二さんの馬鹿っ！』

僕は英二さんに呼ばれると、両手でお尻を隠しながら、もそもそダイニングルームに足を運んだ。

英二さんは、それでも一応はキッチンの中に入っていて、一人で先に夕食の準備を始めていた。

でも、さっき脱いでしまったシャツをもう一度着るのが面倒くさかったんだろうか？

英二さんは上半身丸出しのまんまの姿に、黒のレザーだかビニールっぽい、シックでシンプルなエプロンを首から引っかけて作業していた。

『わっ♡　うそ、英二さんカッコいいっっっ♡』

けど、その後ろ姿というか作業姿は、本日何度目？　って思うぐらい、胸にズキュンなカッコよさだった。

皮のパンツがかなりピタリとしていて、体のラインがはっきりと出ている。なのに、それが妙に腰のラインをセクシーに演出していて。英二さんの持つ肉体美をよりいっそう美しく、カッコよく、男らしく見せていたから。

『なにげなく生活してる姿が、本当に決まってるんだよね♡　まるでトレンディ・ドラマにでも出てくるような芸能人と、一緒に暮らしてるみたい♡　……って、英二さんは業界人《モデル》なんだから、今さらか？』

僕は、ほんの一瞬だけ自分のさせられてるカッコも忘れて、ドキドキしながらキッチンの中へと入っていった。

すると、僕の気配に英二さんがゆっくりと振り返った。

「………ふっ。やっぱ思ったとおりだ。嫌味もなく似合って、可愛いでやんの」

「────っ！」

英二さんはそう言って一笑すると、作業を中断して僕のほうに手を伸ばした。そして僕の頬を指先でチョイって小突くと、

「すっげぇ。マジ至福かも♡」

なんとなく照れくさそうなんだけど、心から「俺、幸せ者じゃん」って顔を見せてから、僕のこ

とを抱き寄せた。

『英二さん……』

正直いって、そんな英二さんの笑顔を見た瞬間、僕の中にあった羞恥心は、スーって迷いもなく消えていった。

もちろん心の片隅には、〝今僕はとんでもないカッコをさせられてるんだぞ！〟って意識はあった。とってもじゃないけど、他人様にも家族にも、決して見せられたもんじゃないカッコをしてるんだぞ！　って自覚もあった。

けど――――。

あまりに英二さんが素直〜に喜んでくれたから。

『こっ…こんな姿は嫌だけど。でも絶対に英二さんの前でしかしないんだし、他の誰に見せるわけでもないんだし。英二さんが可愛いって喜んでくれるなら、至福だって言ってくれるなら…』

僕は『たまにはやってあげてもいいかもしれない♡』とか、思ってしまった。

「菜月、サンキュウな♡」

そのうえおでこにチュッ♡　とかされると、『あっ…明日もやってあげよっかな♡』って、気持ちにさせられた。

ああ、僕って本当に単純だ。

「――――菜月」

「英……二さん……っ」

でも、英二さんはそこから先はふざけたことは口にしなかった。

優しく強く抱き締めると、僕の頬や唇や、首筋なんかにキスの雨を降らせてきた。

「んっ……っ」

僕は、一瞬で体がとろけそうになった。

抱き締める英二さんの腕が気持ちよくて。触れてくる英二さんの唇が、気持ちよくて。

「菜月、好きだぜ」

ただ、英二さんはそんなことをしているうちに、夕飯の支度のことなんかすっかり忘れてしまったみたいで…………。

「んっ……だめだよ……、そういうつもりじゃないじゃんっ」

丸出しになっちゃってる僕のお尻に、いつのまにかスッと指を這わせると、耳元に顔をうずめてきて、「このまま抱くぞ」って呟いた。

「……えっ……英二さん……んっっ！」

英二さんは、抱き締めていた僕の体をいったん放すと、僕の背を押しながら、流し場のほうへと追いやった。

「英二さんっ」

そして僕に両手を流し台の縁《ふち》につかせると、背後から両腕をスッと回してきた。

エプロンの中に手を滑りこませ、僕の胸や下腹部を撫でまわしてきた。

「…あっっ……っんっ」

もう、何をどう抵抗したって無駄だった。

真っ白なエプロンの中へと滑りこんできた英二さんの左手は、僕の左側の乳首に絡むと、優しく撫でつけながらピクンって勃《た》起《た》せた。

そして下腹部へと忍びこんできた利き手のほうは、淡いヘアをかきわけながら、徐々に徐々に僕のモノへと忍び寄った。

「英二さん…っ」

獲物に食らいつくように、英二さんの利き手が僕のモノを捕らえた。

両方の手をそれぞれの場所に置くと、英二さんは僕の首筋や肩のあたりに唇を寄せ、吸い上げたり嘗めたりしながら、エプロンから露出した肌に愛撫を集中してきた。

「やん……っんっ」

僕は、いやおうなしに前のめりになって、両腕に体の重心を預けた。

英二さんから送りこまれる快感は、僕の肉体からどんどん…どんどんと力を抜き取ってしまって。

特に膝から下には力がはいらなくなっちゃって。僕は、流しの縁についた両手で、自分の体を支えることしかできなくなっていた。

「あっ…んっ…っ…ん」

なのに英二さんの愛撫は、強く激しくなることがあっても、決しておとなしくなることはなかった。そうじゃなくても立ったままの姿で、しかもこんな姿でなんて、一度もされたことなんかないのに。

この初めてのシチュエーションの連続に、僕は今まで以上にテンションが上がっちゃって、感じやすくなってるみたいだった。

「あっっ…っだめだよ…。出ちゃう…っ。エプロン…汚れちゃう…よ」

「そんなもん洗えばいいんだよ。いいから出せ」

「だってぇっっ…あっ」

「それとも、これだけじゃイケねぇって言うなら、もっとサービスしてやっからさ♡」

英二さんは耳元でクスッて笑うと、僕から両手を放して、突然僕の背後でしゃがみこんだ。

しかもしゃがむと同時に、僕の両足の間に手を潜りこませてきて。そのうえ本人まで潜りこんできた。

「ひゃっっ!?」

英二さんは、流し台と僕の間に無理やり体を割りこませると、エプロンをまくり上げて僕のモノを握り締め、パクンって銜《くわ》えてしゃぶり始めた。

「あっっ…やっぁっっ……!」

しかも、空いたもう片方の手を陰嚢《たま》に添えると、軽く握りこんでもみほぐし始めた。

「あっつ――――――――っっ!!」

突然跳ね上がった快感の大きさに、僕はためらう暇もなく、英二さんの口の中に射精してしまった。ビクンビクンって先端が震えながら、自分の中から外へと打ち出されていく感触まで、はっきりとわかるようなビックウェーブだった。

けれど、だからって英二さんの行動が、そこで止まるかといったらそうじゃなかった。

「――――――――っぁっ…はっぁ……っ」

英二さんは僕が出しちゃったものを、わざと音を立てて飲みこむと、そのまま僕のを丹念《たんねん》にしゃぶり続けた。

蔭嚢を弄《もてあそ》んでいた手のほうも、いつしか蜜部へと伸びてきた。

窄んだ入り口を探り当てると、何度か指先でノックする。

「あっ…っ、やぁっっ……っ!」

大した潤いもないまま突然ズブリと差しこまれた瞬間、僕は突き上げられるような、串刺しにでもされたような衝撃を受けて、一際高い声を上げた。

それどころか足腰からはガクッと力が抜けてしまって、僕は辛《かろ》うじて両腕で自分の体を支えているような状態だった。

「やっ…っ、英二さん…うそ……っあんっ!」

けれど英二さんの指は、そのあともグイグイと僕のことを突き上げた。

前では僕のモノを貪りながら、後ろでは下から上へと突きながら。

「や…っこんなの…っやぁっ」

僕は、流し場の縁に身を崩《くず》しながらも、今までには覚えのない快感と興奮に、なんだか訳がわからなくなっていた。

なのに英二さんは、まるでトドメでも刺すように、僕の中へと指を突き入れ、激しく抜き差しを繰り返した。

「やぁっ…あっ…！　へん…っ。違う…よっ。なんなの？　なんなのこれぇっ？」

「なんだ。やっぱ多少は…違うか？　同じことするんでも…ベッドでゴロンしてるのと。こうやって自分の足で立たされて、揚げ句に下から上に突き上げられるのは。ん？　菜月」

僕のモノから口を離すと、英二さんは自分の唇を嘗めながら、僕を見上げてニィって笑った。

その場に完全に腰を下ろすと、足を伸ばして座りこんだ。

「……あっ…やぁっ！　あんっ！」

英二さんは自分がしていたエプロンをうっとおしそうにめくり上げると、皮のパンツのホックを外し、ファスナーを下ろして自分のモノを引っ張りだした。

英二さんのモノは、すでに天を仰ぐように力強くそそり立っている。

「でもな、菜月。そろそろお前の冷凍マグロも、多少は解凍してやらねぇとな。ほら、指で慣れたら次は本物だ。俺が誘導してやるから、このましゃがみこんでみろ」

「─────っ！」

僕はこの段階になって、ようやく英二さんが僕に何を仕かけたのかが、なんとなくだけどわかってきた。

「こい」

僕と英二さんは、出会ってからまだ大した月日が経《た》ったわけではないけれど。短い間に、数えきれないぐらいHなことをしている気がする。

でも、それは前からとか後ろからとかはされたことがあるけど、こんなふうに下から突き上げられるように、攻められたことなんか一度もなかった。

ましてや、この体勢で僕に英二さんを収めろなんて、一度も言われたことはなかった。

「あっ…やっ…怖いよっ」

「大丈夫だって。横になって入れようが、座ったままで入れようが、ブツの大きさが変わるわけじゃねぇからよ」

そう言って笑うと、英二さんは僕の腰を掴んで引き寄せた。

杭《くい》のようにそそり立った自分のモノに、僕の蜜部を導いた。

僕は、英二さんの体を跨《また》ぐ形で引き寄せられると、成り行き任せにしゃがみこむ。すると、わずかに口を開いた僕の蜜部に、英二さん自身の先端がぶつかった。

「………っ！」

僕は、ビクッとして腰を持ち上げた。

「菜月……ほら」

でも、そんなの英二さんの強引さに敵《かな》わなくって。

僕は、英二さんに腰を引き寄せられながら、自分の中に英二さん自身の先端を、まずはズブっと飲みこんだ。

「…………あっっ……んっっ…」

なんだか今まで以上に、英二さんのが入ってくるのが鮮明に思えた。

「やっ…っぁ」

腰を落とすごとに、奥へ深々と突き刺される。

未知の恐怖と未知の快感に、僕は知らず知らずに堕とされていく。

そして、根元まで飲みこむようにしっかりと最後までしゃがみこむと、僕と英二さんは対面座位と呼ばれる形になった。

「――――っっっぁん」

それでも僕は、英二さんに自分の体重のすべてをかけてはいなかった。

いまだに流しの縁をしっかりと握り締め、縋《すが》るように両手で掴んだままだった。

「どうよ…。多少は自分からもセックスしてるって気になるだろう」

英二さんが意地悪く、それでいて嬉しそうに呟いた。

「このまま、自分から少し腰を揺すってみな。菜月が気持ちがいい…って感じる程度の揺れでいいから」

僕の双丘を両手で鷲《わし》掴みにすると、前後にというか左右にというか、とにかく小さな円でも描くように、一定のリズムで僕の腰を揺らし始めた。

「……っっはっぁっ…っやっ…英二さんっ！」

なんか、僕はたとえようもなく淫乱《いんらん》なことをさせられてる気がした。

「あっ…やだぁっ……っんっ」

けど、その振動で僕のモノが英二さんのお腹のあたりにぶつかると、めくり上げられた英二さんのエプロンや英二さんのお腹そのものに自然と擦れて、なんだかそれはそれで気持ちがよかった。

むしろ正直すぎる僕の肉体は、それでもう一つの新たな快感が得られるんだとわかると、自《みずか》ら果《か》敢《かん》に体を揺さぶり、弾んでいったようにも思えた。

「そう…。うまいぞ菜月。このままこの体勢で、自分で自分をイカすまで…動き続けてみろ」

英二さんは、そう言って僕のお尻から片手を放すと、後ろで結ばれたエプロンの紐《ひも》をシュルシュルってほどいた。

「あっんっ…っっはっぁっ…」

僕は、感じるままに微動を続けていた。

英二さんは、空いた手でゆるんだエプロンの胸当ての部分を引っ張ると、そこから現れた僕の胸元に、改めて唇を寄せてきた。

「…………っっぁっ」

僕の背中を軽く抱き締めながら、微動する僕の乳首を捕らえると、英二さんはわずかな動きに合わせながらも嘗め上げてたり吸ったりして、ときには噛《か》んだりしながら、僕にさらなる快感を与えてきた。

「やんっ…イッちゃうっ、だめっ…っ…そんなことまで…しないで…英二さんっ」

流しの縁に爪を立てるように、両手に力が入った。

快感の中で張り詰めた気が、ゆるんだ瞬間に僕は上り詰めることを予感していた。

「イケよ。かまわねぇから」

僕は、それでもここまで我慢できてることが、自分でも不思議だった。

「だってっ…っっ…だってっ…僕ばっかりは…嫌だよっ」

「いまさら恥ずかしがるなって」

僕の先端からは、すでにジンワリと蜜が溢れては、英二さんのエプロンやお腹のあたりを汚してしまっていた。にもかかわらず、僕の意識は快楽の絶頂には上り詰めずに、一歩手前のところで必死に止まっていた。

「そうじゃないよっ…。英二さんが…英二さんが…一緒じゃないのは…嫌なの」

「………ん？」

「一緒がいいの…っ。いつも…なんでも……っ。英二さんと…一緒がいいの…。だから…だから一人は…いやっ」

理由は、言葉に出したままだった。

「菜月……」

たしかに、英二さんが僕をイカせてくれるのは気持ちがいい。このままで上り詰めても、きっと僕には天国に行ってしまうような快感が、全身を駆け抜けるのがわかってる。

でも、英二さんが僕の中で上り詰めるときの快感は、僕にとっては〝心の快感〟そのものだから。

肉体が悦ぶ以上に心が悦び、満たされて。本当の意味での、心身共にって意味での、究極の快感だと思うから――。

「英二さんも一緒じゃなきゃ……やっ」

僕は流しの縁から両手を放すと、そのまま英二さんの首に抱きついた。

「だから…だからね、英二さぁ――っ!」

本当なら、もう少し頑張って引き伸ばして、英二さんがその気になってくれるのを待ちたかった。

英二さんからも動いてもらって、英二さん自身にも僕と一緒に上り詰めてほしかった。

「――っ…っ」

けど、やっぱり我慢しきれない僕の体は、自分が口にした言葉とは裏腹に、一人で上り詰めて力尽きた。

英二さんに抱きついたままぐったりとしてしまい、体を預けたまま意識までもがぼんやりとしてきた。

そんな僕を、英二さんはしっかりと抱き締めると、優しく頭や背中を撫でてくれた。

そして頬に軽くキスをすると、

「わかったよ。次からは、そうしような」

小さな声でぽつりと言った。

『……英二さん』

僕は、ほんわりとした気持ちになったまま目を閉じると、少しだけ意識がとぎれてしまった。

しばらくして目が覚めると、結局食事の支度は、ぜーんぶ英二さんがしていた。

僕はシャワーを浴びてからテーブルにつくと、作ってもらったオムライス（メチャウマ♡）を頬張って、至れり尽くせりな一日を終えた。

3

気がつくと、学校が始まってからあっという間に三週間の日々が過ぎていた。

大学に通いながらＳＯＣＩＡＬのお仕事もしている英二さんの多忙は、僕の想像を遥《はる》かに上回っていた。

見るからに朝は早いし夜は遅いし。

そのうえ夜中は机に向かったきりで、ずーっと司法試験を受けるための勉強をしていた。

その詳しいスケジュール内容までは、僕にはまだまだ把握《はあく》しきれないけど。とにもかくにも忙しそうだということだけは、見ているだけの僕にも十分理解ができるぐらいだった。

なのに、そんな忙しい英二さんに、僕はちっとも楽なんかさせてあげられなかった。

せめて御飯支度やお掃除や、家事なんかをやってあげられれば、英二さんの負担も減るかもしれないのに。

完璧を誇っていた専業主婦の母さんに育てられた僕は、おかげ様で…って言うぐらい、何をやっても失敗の連続だった。

それこそ、僕がよかれと思って何かをしたあとは、必ず英二さんの仕事が倍になるぐらい。

英二さんは、そのあまりに見事な〝できないぶり〟に、怒るよりも呆れるよりも、お腹を抱えて笑うばかりだった。

『……何もしないのが一番のお手伝いって……。僕ってもしかして幼稚園児以下？』

けど、それでも英二さんは、「菜月がこの家に一緒にいるだけでありがたいんだぜ」って言ってくれた。

正直にいってしまえば、これから大学を卒業するまでが、英二さんにとっては特に多忙を極める時期なんだそうだ。大学や試験に向けての勉強にしても、ＳＯＣＩＡＬのお仕事にしても。

だから、僕に会いたいがためにここから横浜までの往復をすることを思えば、その時間が省かれる分だけ僕と一緒にいられるし、何よりいつでも顔が見られてホッとできるから、「今は家事なんかできなくたって、菜月がここにいるだけで十分なんだ」…って、言ってくれた。

僕は、そんな英二さんの言葉も想いも、とっても嬉しかった。

けど、だからこそ。僕は英二さんに何かしてあげられないかな？　何かしてあげたいよ…って、毎日毎日考えていた。

そしてそんな毎日の中で、とても細やかではあるけれど、僕は僕にできることを、一生懸命みつけていって、僕なりの仕事や日課を徐々に徐々に増やしていった。

で、その日課のまず一つ目はといえば………。

〝えーっっ、後片づけのお皿洗い？　菜っちゃんそんなこと毎日してたの？　家でもやったことないのに？〟

葉月が電話口で叫び声を上げた、食事の後片づけというやつだった。

「そうだよ♡」

〝そうだよって。だって菜っちゃん、家庭科の授業で食器総倒しして破壊しまくって以来、クラスメイトのみならず、先生からまで「朝倉菜月は、頼むから何もするな！」って言われてたほど、お皿割ることにかけては天才的なのに？？？〟

「うっ…うん。おかげでここにあった食器、三日後には半分に減っちゃったんだけどね。揚げ句に一週間も経った日には、落としても割れない食器に、全部買い換えられちゃって。しかも、洗剤負けして手荒れがひどくなったら、食器洗い機まで導入されちゃった♡　けど、それでも一応、僕が後片づけはやってるよ♡」

〝さっ…早乙女英二。相変わらず、見かけによらない忍耐力とマメさを発揮してるみたいだね〟

「うん。僕もそう思う」

〝それでそれで？　他にもあるの？　菜っちゃんの早乙女家での日課って〟

「えーとねぇ………」

僕は葉月に聞かれて現在している日課の続きを、改めて話していった。

二つ目は、英二さんの留守時間を狙って、一日に一度はこうしてかかってくる葉月からの国際電話で、毎日の出来事を報告したり、向こうの様子を報告してもらうこと。

三つ目は、英二さんが組んだ献立のメモどおりに、近所のスーパーで買い出しをしておくこと。

四つ目は、倍になってしまった宿題の問題集を、とりあえずは頑張って自分でやること。ただし、わからないものは英二さんが帰ってきたら、ちゃんと聞いてわかるまで頑張ること。

そして、これはさすがに葉月には言えないけど、五つ目は………。

〝ふーん。けっこう学校が遠くなっただけでもへばっちゃってるかな？　って思ったけど、家に帰ってきてからも頑張ってるんだね。でもその日課、まさか毎晩Hすること！　なんてのまで入ってるんじゃないだろうね！〟

「えっ…ええっっ？」

実はそのとおりだった。

「それは………っ」

そりゃ、そんなに一日に何回もしちゃうわけじゃないけど、気がついたら毎日一回はHしているんだ。しかも、さもあたりまえのように玄関先で、「行ってきまーす♡」&「行ってらっしゃーい」&「お帰りなさーい♡」の、抱きつきキッスもしたりしているし。

まぁ、これは父さんと母さんもやってたことだから、我が朝倉家では、それほど珍しいことでも恥ずかしいことでもないんだけど。

「それはさぁ……」

〝いいよ、答えなくても。菜っちゃんのその反応で十分想像がつくから〟

「葉月ぃっ」

〝ったく早乙女英二のやつ！　ここぞとばかりに菜っちゃんのこと独り占めした揚げ句に、毎日満たされた性生活までしやがって！　これで万が一にも菜っちゃんを泣かせるようなことしやがったら、ただじゃおかないぞって感じじゃん！〟

「葉月ってば」

ただ、正直いって自分がここまでラブラブできる人間だとは、自分自身でも思っていなかった。

そりゃ妄想だけならどこまでも…って感じだったのは認めるけど。それ以上の現実に、自分の行動が伴《ともな》うっていうのは、想像外のなにものでもなかったから。

〝菜っちゃん、したくないときはちゃんとしたくないって、つっぱねなきゃだめだからね！　じゃなかったら、菜っちゃん壊されちゃうかもよ！〟

「もう…、それならとことん壊れちゃってるよ」

〝なんだってぇ！〟

「だって、僕毎日しても嫌だって思わなくなってるもん」

なのに、僕は想像も現実も超えちゃって、ここ最近は開き直っていた。

〝――――――菜っ…ちゃん〟

葉月が僕の言葉に驚いて、唖然《あぜん》とした声で名前を呼んだ。

そりゃそうだろう。

本当に、一体どのあたりで理性とか羞恥心とか常識とかって呼ばれるものが、僕の中で壊れちゃったのかはよくわからない。

これが〝慣れる〟ということの恐ろしさだというなら、たしかにそのとおりかもしれない。

「それどころか、今日も英二さんが僕のこと愛してくれてる♡　嬉しい…って、思うようになっちゃってるもん」

〝……菜っちゃん。相当毒されたみたいだね〟

けど、英二さんが僕に気遣って、なおかつ愛情いっぱいで作ってくれるこの生活空間は、そんなもの全部なくしたって、『英二さんが喜んでくれるならなんでもやっちゃう♡』って思わされるぐらい、快適なものなんだ。

「うん。毒なんか、英二さんに出会ったときから回っちゃってると思うけど。側にいると、それさえもわからなくなるぐらい、僕英二さんの魅力に侵されてるみたいだよ♡」

〝……ごちそうさま。僕、もう菜っちゃんのおのろけで、お腹満腹って感じ〟

なんせ、僕がこんなにメロメロになっちゃってるのは、英二さんが与えてくれる生活の快適さからだけではない。一緒に暮らす以前にはわからなかった、何気ない英二さんの魅力が、家の中では何倍も何倍も発見できるからだ。

「何言ってるんだよ。その代わり、僕は直先輩から毎日のろけられてるよ！　葉月、僕に言わないだけで、目茶目茶甘いラブコール、直先輩と交わしてるらしいじゃん！」

それこそ、こんな人の側で僕は生活できるんだ。

こんな人の側に置いてもらって、僕は愛情もいっぱいもらってるんだ。

まだまだまともに、家事の一つもこなせないのに。英二さんの手間が、絶対に増えただけだろうに。

それでもこんなに大切にされて、可愛がってもらって、守ってもらってるんだ…って思ったら、僕は英二さんに抱かれるたびに、快感と同じぐらいの、ううん、それ以上の幸福感を与えてもらっている気になるんだ。

まぁ、恋人とようやく気持ちが通じ合った頃に、距離を置かなくてはならなくなった今の葉月に、僕の気持ちを理解しろって言っても、無理というよりは酷《こく》なのかもしれないけど。

〝えーっ、そんなことないよ！　僕特別なことなんか言ってないよ！　電話したって今日は何したの？　ぐらいの話しかしてないよ！〟

でも、それでもきっと、葉月ならそのうちこんな僕の気持ちが、誰より理解できると思う。

「そ。今日は何したんだ…って話をするんだけど、葉月の名前が出てくる回数が、昨日よりまた減ったんだよ…って、先輩から自慢されるんだよ♡」

〝………へ？〟

「今日なんか学校で、昨日はとうとう菜月の話題は一回もでなかった♡　って、胸はって威張られちゃったもんね♡　これなら明日あたりは、電話口でおやすみのキスぐらい、してくれるかもしれないって♡　葉月、自分がわかってないだけで、直先輩にそうとう洗脳されてるんじゃん？」

〝――なっ…直先輩っっっ!!　僕に黙ってそんなこと菜っちゃんに！〟

それは僕と葉月の肉体が、どんなに離れていたとしても、魂だけは、世界中で一番近いところに寄り添っているって思うから。

パートナーとかダーリンとかって意味ではないけど。僕たちは体も心も分け合って、生まれて育ってきたって思うから。

「なーんてね、おやすみのキスは僕が言ったことだけどさ♡」(脳味噌以外は…だけどね)

〝菜っちゃん！〟

「だって、毎日電話してるわりには、二人とも留学試験の話と僕の話しかしてないんでしょ？　そんなのラブコールにしては、色気もそっけも面白みもないじゃん。葉月も少しぐらいは開き直って、それぐらいのことは自分からしてあげればいいんだよ。絶対に直先輩、喜ぶと思うよ」

だから、早く葉月も知って…って、ついつい思ってしまう。

大好きな人に抱き締められる心地好さ。素肌が触れ合う、ときめき。

そして何より、心と体が同時に弾けちゃうような、幸福の絶頂感。

〝いっ…いいんだよって。簡単に言わないでよ！　電話口でおやすみのキスなんて！　菜っちゃんや母さんじゃあるまいし、僕には恥ずかしくってできないよ！〟

「でも、直先輩は進路変更して、留学してまで葉月の側に行ってくれるぐらい、葉月のことを思ってくれてるんだよ。照れくさいのはわかるけど、それぐらいのことしてあげたって罰はあたらないんじゃないの？　直先輩だって、葉月からそんなことしてくれたら、絶対に嬉しいと思うよ♡　ただし、そのあと一人寝のおかずにされちゃうかもしれないけどぉ♡」

〝菜っちゃん！　毒された揚げ句に下品に走るのはだめだよ！〟

「ははは…たしかに。でも、それは冗談としても、おやすみのキスぐらいしてあげなよ。それで喜ぶ直先輩のこと想像したら、絶対に葉月も楽しくて嬉しくて、気持ちが温かくなると思うよ」

きっとそれらを知ったら、葉月だって僕に同じことを言うと思うよ。

菜っちゃん聞いてよ、直先輩がさ………って。毎日毎日、呆れるぐらい。

〝……うっ…うーん〟

「ね♡」

だって僕たちのダーリンは、それぐらい素敵な人だと思うから♡

〝……うん。わかった〟

「よしよし♡」

僕は葉月を丸めこむと、突然〝おやすみのキス〟とかされた直先輩が、どれだけビックリするだろう？　でもその何倍ぐらい喜ぶだろう？　って思うと、

『僕ってなんていい兄なんだろう♡』

って、内心ほくそ笑んでしまった。けど、そんな電話も玄関のチャイムがピンポーンってなると、

今日はこれまで！　ってことになる。

「あ、英二さん帰ってきた♡　それじゃあ葉月、頑張ってよ！」

〃はーい。菜っちゃんはほどほどにしなよ〃

「了解！」

僕は電話を切ると、二度目のピンポーンと同時に、玄関へとダッシュした。

「はーい、今開けるねー♡」

そして、「これだけは忘れずに必ずしっかりかけておけよ！」って言われている、二つの鍵を開けて、チェーンを外し、扉を勢いよく開けると、

「お帰りなさい、英二さんっ！」

僕はガバッって抱きついて、ホッペにチュッ♡　ってした。

「ん!?」

けど、どうしてか僕は、そんな僕を蒼白な顔をして見ている英二さんと、目がバチバチって合ってしまった。

「へ？　え？」

僕は、一瞬にして沸《わ》き上がった〃嫌な予感〃にかられながらも、恐る恐る体を離した。

すると、いつかどこかで見たような男の人が、ニコッってしながら僕に向かって呟く。

「どっ…ども♡」

「ひっ…ひゃあっっっ！　英二さんのお兄さんだーっっっっ!!」

僕は、自分のあまりの失態に後退りながら、悲鳴のような声を上げてしまった。

そう、僕が英二さんだとばかり思って〝抱きつきキッス♡〟とかしちゃったのは、英二さんの十歳上のお兄さんであり、英二さんをイメージモデルとしたヤング・ブランド〝レオポン〟のシリーズを生み出したSOCIALのメイン・デザイナーの一人、早乙女皇一《こういち》さんだったんだ。

「ばっ…ばっか野郎っ！　英二さんのお兄さんだじゃねぇだろうがっっっ！　なんでお前はそうかつなんだ！　ちょっと相手を確かめるぐらいのことが、どうしてお前にはできないんだっ！」

「ごめんなさーいっっっっ!!」

英二さんは、これじゃあ二人の関係なんか、どう頑張ったって隠しようもない…というか、絶対にフォローなんかきかないよって僕の失態に、青筋を立てて怒鳴ってきた。

「まっ、まぁまぁ英二、そう怒るなって♡　こんな可愛いお出迎え、俺はお前より十年も長く生きてるが、今の今までされたことがないぞ♡　この果報《かほう》もんが♡」

けど、そんな英二さんの肩を掴むと、皇一さんは笑顔のままで、英二さんのことを宥《なだ》めにかかった。

「どうもここ最近、デルモの女の子たちが、英二が冷たい冷たいって愚痴《ぐち》ってくると思ったら、こういうことだったのか♡」

いや違った。単におとしめにかかったんだった。

「………あっ…兄貴」

「この子、たしかこの前のコレクションのときに、お前が客席に招待した、可愛い双子ちゃんの片割れじゃないか。何が、学校の後輩がコレクションを見たがったから、その友達共々連れてきただ！　大うそつきやがって、このガキが！　じゃ何か？　お前は後輩の友達の片方を自分の家にたらしこんで、留守番させた揚げ句に、お帰りなさいのチューまでさせるのか？　チューまで！　ん？」

「いや…、それは…その」

しかも、しかもこの英二さんが。人をおとしめることはあっても、人からおとしめられるなんてことはないだろうと思っていた英二さんが。やっぱり十歳も離れたお兄さんからすれば、ただの弟で、しかもただのガキでしかないんだろうか？

なんか、信じられないぐらい、いいようにあしらわれて、いじめ倒されていた。

「白状しちまえ英二。お前、あれだけ俺に男に走るなんて邪道だ邪道だって言っておきながら、とうとう自分も宗旨がえしたんだろ？　ん？」

『………え？　それってお兄さん？？？』

けど、そんな会話の中で、僕はなんか聞き捨てならないようなことを耳にした気がした。

「毎晩毎晩、それこそとっかえひっかえはべらせたって余るんじゃなかろうかと言われた早乙女ハーレムの美女達を振りきって。伝書鳩みたいに帰宅しているのは、おうちにこんなプリティ♡ボーイを連れこんだからなんだろう！　ん？」

でも、聞き捨てならないのは一つや二つじゃなかった。

「さっ…早乙女ハーレム!?　毎晩はべらしても余る美女ぉ？」

そりゃ英二さんは、自分が決してモテないほうじゃない！　どっちかといえばモテるほうだ！　とは何度となく僕にも豪語《ごうご》してきたことがある。

深く立ち入った関係にはならないものの、エッチだけなら気軽にできちゃうような同業者のお姉さん達が、国内のみならず海外にだっているんだぞ！　って。

そして、そういう女の人達より、唯一の僕を選んだんだって。

男に走るなんて自分としたことが…って思いながらも、菜月が可愛いから、菜月だけにしようって決めたんだって。でも、でもだからって！

ハーレムだなんて言われちゃうほどの女の人と、今までそんなことしてきたなんて！　僕は聞いたこともなかったたっっっ!!

「そっ…、それってどういうことなのさ、英二さんっっっ！」

僕の頭の中は、ショックで黄砂が吹き荒《あ》れた。

「菜月っ！　わかってて突っこむんじゃねぇ！」

「もちろんそれはね♡　こいつがそもそもデルモ業界では、一夫多妻の〝アラブの英二様〟って異《い》名《みょう》があるほど、お盛んだったたってことかな〜♡　なぁ英二♡」

豪華絢爛《ごうかけんらん》な美女だらけのアラビアンナイトが、グルグルグルグル回っていた。

「兄貴っ！　話を勝手に拡大するなっ！」

「あっ…アラブの英二様ぁ？　ひっ…ひどーいっっっっ！　いくらなんでもそこまでナンパだなんて！　英二さん節操なさすぎだよっ！」

極めつけは、アラビアン・コスチュームの英二さんが、何十人もの美女の中で、酒池肉林に耽《ふけ》ったエロ大王になった姿が浮かび、しかも〝僕は美女じゃないからつまはじき〟って設定が、勝手に頭の中ででき上がった。

「僕は英二さんしか知らないのにっ！　英二さんはそんなアラビアンナイトで百一人もの人とエッチしてたなんて！」

僕はその場で号泣してしまった。

「だから！　勝手に人の話をアラビアンナイトにしたり、百一匹わんちゃんとまぜこぜにしてるんじゃねぇ！」

英二さんは、赤面しながら怒鳴り散らした。

「え？　百一匹美少年？　いいな～それ♡　一生に一度ぐらいは、俺も味わってみたいハーレムだなぁ～♡」

けど、英二さんのお兄さんはそこからさらに話をひねりこみ、一人別世界に大煩悩《ぼんのう》を巡らせながら、満面の笑顔を浮かべていた。

「ええ！　百一人の美少年？？？　英二さんもっとひどすぎるっっっ！」

「あーもー！　いいかげんにしろテメェらっっっ!!　妄想に妄想を重ねて話をするのはっっ!!」

結局、僕らが落ち着いて本題（どうして皇一さんがここにきたのか、というお話）に入ったのは、それからざっと三十分は騒ぎまくったあとだった――。

「ははは。いやー、愉快愉快《ゆかい》♡　本当に菜月ちゃんは可愛いね～。見た目だけじゃなくって、中身がもっと可愛いっていうのは、素晴らしいことだ♡」

僕と皇一さんはリビングのソファに腰を落ち着けると、改めて自己紹介をし合った。

皇一さんという人は、実に外見だけをいうならば、非常に落ち着いたムードのある人だった。

それこそ英二さんのお兄さんというだけあって、背は高いし骨格・等身もいいし。そのうえ知性的でセンスがよくて。いかにもお稼ぎになっていらっしゃる〝大人のオ・ト・コ♡〟な二枚目さんだった。

「どう？　こんな英二みたいな野蛮人捨てて、今夜から俺に乗り換えない？　これでも英二よりは年収あるし、男の子歴も十年以上あるからね♡　いつでもどこでもどんなときでも、天国まで連れて行って、大満足させてあげるよ♡」

ただし、口を開かなければ……って感じだったけど。

『やっぱり英二さんのお兄さんだけあって、言うこともやることも超ナンパそう』

「馬鹿言ってんじゃねぇよ！　今言ったこと、愛しの珠莉《じゅり》にチクってやろうか？　断ちばさみでパターンごと、自慢のナニを切り刻まれる羽目になるぞ！」

「………っ！」

けど、コーヒーを入れて持ってきた英二さんの一喝で、皇一さんの笑顔は一瞬にしてカチンって固まった。

英二さんはそんな皇一さんに向かって、勝ち誇ったようにニヤリと笑う。

「ふん。相変わらずナンパな口はたたくくせに、珠莉には頭上がらねぇみたいだな。ざまぁねぇな兄貴もよ」

「わっ…悪かったな、ざまぁなくて！　惚れた弱みだ仕方ないだろう！　第一、あいつは本当に洒落じゃないことを平気でする奴なんだから、間違っても今日のことはチクるなよ！　そうじゃなくても自分より若い子をナンパすると、普段の三十倍は怒るんだからな！」

皇一さんは素直に負けを認めると、降参のポーズをとってから、英二さんが出したコーヒーに口をつけた。

「へー。やっぱ美貌《びぼう》を誇った天才テーラーでも、三十過ぎると若さに嫉妬《しっと》を覚えるってか？　意外に可愛いところがあるんじゃん。普段はメジャーで首絞めていじめてるくせに、あれでけっこう兄貴に惚れてんだ」

英二さんは僕の隣に腰を下ろすと、長い足を組んで、自分もコーヒーカップを手にした。

「あたり前だろう♡　俺があいつを口説《くど》き落とすのに、一体どれだけ身を粉《こ》にしたと思ってるんだ。それこそ泣きすがる美少年を全部清算し、抱えていた有能なテーラーを全部手放し、心も体も財産も、揚げ句に才能までなげうって、ようやく手に入れた究極の恋人だからな」

「なのにナンパぐせだけは治らねぇんだから、兄貴の口車も天下一品だよな」

「可愛い男の子を見たら、ナンパするのは礼儀だ礼儀！　お前だってちょっとイイ女見かけたら、必ず流し目使ってたんだから、人のことは言えねぇだろう？」

話の内容はどう聞いてても、五十歩百歩って感じだった。

でも、英二さんと皇一さんを見ていると、僕はつくづく『僕と葉月と違って、ここは本当に男兄弟だ〜』って気がした。

同じ〝男の話〟をしているはずなのに、攻めるほうと攻められちゃうほうじゃ、こんなに会話の内容が変わるんだ………とか思った。

『それにしても珠莉さんって人、このお兄さんにそこまで口説かせるなんて、一体どんな人なんだろう？　英二さんが美貌だの天才だのって口にするぐらいだから、きっと相当美貌も才能も持った、超一流のテーラーさんなんだろうけど……』

と同時に、僕は見たことも会ったこともない珠莉さんという人に、なんだかすごく興味がわいた。

デザイナーをしている皇一さんに、テーラーをしている珠莉さん。ってことは、きっとこのカップルさんは、お仕事においても私用においても、抜群のパートナーシップを持っているに違いない。

それこそ、英二さんたちのお父さんとおじいちゃんが、最強のタッグパートナーであったように。二人で力を合わせて、最高のものを作っているのかもしれない。

『いいな……。大切な人と一緒にできて、なおかつ役に立てるお仕事なんて。家でも仕事場でも必要とされる恋人なんて、なんか理想的で憧れちゃうな～』

僕は、僕も〝皇一さんにとっての珠莉さん〟のように、英二さんにとっての僕になれるといいのにな…って思った。

たとえ今は無理でも、近い将来とか、遠くない未来に。

「で、そろそろ本題を聞かせろよ兄貴。なんでわざわざ俺のところにまで、足なんか運んできたんだよ。ついさっき、会社で別れたばっかりだろう？」

なんて思っていると、英二さんは飲み終えたカップをテーブルに置き、少し声のトーンを落として皇一さんに切りこんだ。

「あえて聞かなくたって、お前なら話の内容はわかってるだろう？　この週末の連休のことだ。俺はどうしても俺のプランで撮影をしたい。来春用のコレクションには、〝熱砂《ねっさ》の獣《オトコ》〟のイメージでいきたいんだ」

皇一さんの声も、今までとは打って変わって真剣なものになった。

「その話なら、さっきもきっぱり言っただろう？　企画もデザインも別にかまわねぇ。随分急だが、俺も連休のスケジュールなら都合もつける。ただし、スタッフを入れ替えろ。どんなに金を積んでもいいから、カメラマンだけは入れ替えろって！」

英二さんの瞳が、本当に獣のように、ギラリと光って見えた。

どうしてだかはわからないけど、すごい怒気を含んでいる。

「だからその金を積んだって、なかなか〝うん〟とは言わない男を、どうにかこうにか口説きおとしたんだぞ。相手は業界屈指の天才カメラマン、相良義之《さがらよしゆき》だ。彼に撮らせたCMは、百パーセント成功するって言われるほど、実力とジンクスの持ち主だ。なのにお前は、彼の何が不服で交替させなきゃ撮影に応じないなんて、わがままを言ってんだ！」

けれど、それは皇一さんも同じだった。

仕事に入った途端に、ニコニコとしていた顔つきは、一変して真剣なものになった。

「不服って聞くか？　不服って！　どんなに腕のいいカメラマンだろうが、天才だろうが、相良はアンジュ社の重役の息子じゃねぇか！」

『――アンジュ？　あのフリフリエプロンを作ったところの？』

僕は呼吸さえまともにできないまま、じっとしているのが精一杯だった。

時折飛び出す、わずかに聞き覚えのある単語に耳を傾けながら、ひたすらコーヒーカップを握り締めるだけだった。

「しかも、フリルだのリボンだのを手がけてるうちなら、ライバルと言ったたって畑違いだ。姉貴の手がける乙女チックのおの字もないようなレディースの世界とは違いすぎて、ライバル社とも呼べやしねぇよ！　けどな、アンジュからは分離した男女兼用の〝堕天使《だてんし》〟ってブランドは別だろう？　あそこは、新素材を使ったソフトジーンズからスタートして早四年。あっという間にカジュアルブランドのトップに躍り出たようなメーカーだぞ！　しかも、商売上手な社長さんの手腕《しゅわん》で、今や世界でメジャーになりつつある驚異的なブランドだ！」

「だからどうした」

「何がだからどうしただ！　これは明らかに、ＳＯＣＩＡＬのカジュアル部門、レオポンにとってはライバル社だろう!?　しかも、その堕天使のデビューのときに、一役買ってるのがあの天才・相良だ。現在だって、堕天使でだけはお抱えカメラマンとして仕事をしてる。にも関わらず、そこからうちに引っ張ってきて、新コレクションの撮影を任せるっていうのは、どういう了見なんだ？　むざむざライバル社の人間に、手の内を見せるって言うのか？　俺には兄貴の神経が、何がなんだかさっぱりわからねぇよ！」

　だけど、そうして話に集中していると、僕にもなんとなく英二さんが怒ってる理由みたいなものが理解ができてきた。

『うん。そうだよね。ライバル会社のお仕事しているカメラマンさんに、お仕事を依頼するってことは、ライバル社に企業秘密が流れたり、場合によっては仕事に手を抜かれちゃったりってこともあり得るんだよね』

　この仕事は、納得がいかないって、言ってる理由が。

「そりゃ、彼の親はたしかにアンジュの重役だ。しかもライバル・ブランドの仕事もこなしている。しかし、彼本人はどこまでもフリーのカメラマンだ。あくまでも一個人だ。しかも今のご時世に、仕事とモデルを自由に選べるという、極めて稀《まれ》な天才だ。それだけに、決して仕事に情の類《たぐ》いも持ちこまない。そんな私情で、自分の作品を汚したりはしない」

「………けどよ」

「聞け英二！　相良は、本当にそれだけのプライドを持って、シャッターを押し続けている男だ。だから俺はすべてを承知のうえで、何年も前から依頼し続けた。どうかうちで仕事をしてくれと。一度でいいから、そのカメラにレオポンのすべてを収めてくれと！」

けど、それに言葉を返した皇一さんの言うことも、なんとなくだけど道理が通っていた。

プロが選んだプロの仕事人。

そこには、薄っぺらな私情など、微塵《みじん》も存在しないって。

そもそもそんな相手を、自分は選んだりしないって。

「なぁ英二。何度も言うようだが、俺はお前に惚れてるんだ。弟や家族としてじゃなく、一人のデザイナーとして」

「……………兄貴」

「お前は、決して服には着られない。誰がどんな服を作ろうとも、袖《そで》を通せばすべてを自分のものにしてしまう。作り手や銘柄《めいがら》をものともしない。その服の価値をお前自身が決められる。お前の価値が着られた服の価値になる。俺はな、服なんてもんは、結局はそれでいいもんだと思ってる。ブランドや作り手に踊らされて、着ている本人の魅力が薄らぐものなんて、なんの意味もないと思ってる。だからこそ、俺はお前の容姿や存在感そのものに、惚れて惚れて惚れこんで、このシリーズを作り続けてるんだ」

『………皇一さん』

僕は、皇一さんが真剣になればなるほど、彼から英二さんに告げられる言葉が重くなればなるほど、なんだか嫉妬めいたものが、心の中に芽生え始めた。

「お前は、本来ならもっと世に出てもおかしくないモデルだ。世界中のデザイナーに愛されていいはずの。世界の舞台を歩けるはずの。それだけの資質は、十分に備えた男のはずだ。なんせ、親父の才能は行き渡らなかったかもしれないが、お袋のスーパーモデルとしての才能と魅力は、すべてお前の体の中に受け継がれてるんだから」

僕は、こんなに英二さんが好きなのに。

好きで好きで、大好きで。英二さんがいなかったら死んじゃうよ…って思うぐらい。本当に英二さんのことが大好きなのに。

なのに――――どうしてだろう?

皇一さんが寄せる英二さんへの想いや絆《きずな》に、僕はなんだか〝敵わない…〟って思えてくる。

「それなのに、レオポンの専属モデルであり、ＳＯＣＩＡＬの跡継ぎ息子というしがらみのために、お前はここから先の一歩が長い間封じられている。正直言って、モデルとしての成長は、ここ何年も足止めを食らったままの状態だろう。俺はな、お前に惚れてるし、お前に着せる服が作れるのは最高の喜びだと思ってる。けどな、その反面で自社ブランドに縛りつけることに、常に後悔を覚えてきた」

「兄貴………」

僕は、この人より本当に英二さんのこと…愛してるのかな？　愛せてるのかな？　って思えて、自分の想いに、自信がなくなってくる。

「なぁ英二、お前はこの撮影に関して闇雲《やみくも》に反対するが、どうして俺が相良を選んだか、その理由までをちゃんと考えてくれてるか？」

「んなもんは、実力とジンクスってやつだろう？　来春のコレクションを確実に世に出して、そして売るためだ。それは俺もわかってる。十分承知してる」

「そうか。だったら話は早いな。残念だかそれは違う。全然お門《かど》違いだぞ」

「――――あ？」

「いいか英二、覚えておけ。相良というカメラマンはな、たとえ服飾ブランドの仕事を引き受けたとしても、服を撮ることを前提に仕事を受けるカメラマンじゃない。あくまでも人間を撮ることを信念としたカメラマンだ。だから、あの男はどんなに有名なブランドやスポンサーから声をかけられても、モデルが気に入らなければ引き受けない。その代わり、自分が写すだけの価値のある人間だと認めれば、たとえ親のライバル社の仕事だろうが、喜んで引き受ける男なんだ。彼の信念は〝自分の写真で歴史の変えられないものは写さない〟だ。だから、山だの川だの自然だのってやつには、一切シャッターを切らない。そんなものを写したって、自然の美しさも歴史も、今すぐ姿を変えるわけじゃないからな」

「なんつー傲慢《ごうまん》な男だ」

「まぁな。だがな、彼の言い分はこうだ。自然は変えられないが、人間は違う。自分が写すことで、自分の写真が世に出ることで、多少なりにもその人間の運命を変えることができる。だから、彼は素人だろうが玄人《くろうと》だろうが、写真一枚でこれから運命が変わるだろうと自分が予感した人間しか、それだけの可能性をもった人間しか、モデルとしては受け入れない。シャッターを切らないんだ」

「――――運命が変わる予感？」

「ああ。わかるか英二？　相良は底なしの自信過剰《かじょう》だが、彼にはそれを裏づける天性の勘《かん》に実力、そして実績を持って天才と呼ばれるに至った男なんだ。相良が撮ってきた人間は、必ずと言っていいほど売れている。おまえは、この一本で確実にＳＯＣＩＡＬからもレオポンからも脱皮できる。今回のコレクションで、俺が売りたいのはコレクションじゃない。早乙女英二という男なんだ」

「…………俺を売る？」

「そうだ。お前だ。俺は、レオポンを作ったときから、そのつもりで相良にはずっと仕事を依頼し続けてきた。けど、今の今まで話は受けてもらえなかった。それは、俺が彼に〝何を撮って欲しいんだ?〟と聞かれるたびに、何もわからないまま〝レオポン〟と答えていたからだ。だから〝それじゃあ俺には撮れないな〟と言って断られ続けてきた。けど、今回俺は考えに考え抜いて、依頼の中身を変えてみた。デザイナーとしての建て前すべてを捨てて、本音でぶつかってみた。レオポンという名に相応しい、獣のように熱くて真っ直ぐな男がいる。ぜひ、その男の写真を撮って欲しいと。これは、服の撮影に平行してはいるが、俺が本当に売りたいのは、新しいコレクションよりモデルのほうなんだと」

「………兄貴」

「そしたら相良のやつ、〝それなら撮ろう〟と言って、笑ってこの仕事を引き受けやがった。しかも〝最初から素直にそう言えば、受けてやったのに…〟って、俺に皮肉まで言ってな」

英二さんは、皇一さんの話を一とおり聞き終えると、何度か大きな溜め息をついた。

それは恐らく、英二さんが皇一さんの言葉をすべて理解し、受け止めた証《あかし》のようなものだろう。

けれど、それでも英二さんは、なかなか皇一さんが望むような笑顔は見せなかった。

それどころか―――。

「それで、だとしてだからなんになるんだ?」

英二さんは、まるで皇一さんを突き放すように、冷ややかな視線と口調で問い返した。

「………なんになる?」

「ああ。そういう理由なら俺も了解だ。それなら俺も同意するよ…って言って、相良に写真を撮ってもらうとする。その結果、奴の実力だかジンクスだかが大当たりして、実際俺が今より売れるようになったと仮定する。で、それが俺個人にとって、どんなメリットになるんだよ。今より忙しくなって俺ばっかりが疲れるだけじゃねぇか」

皇一さんの英二さんへの想いを、根底からつっぱねるみたいに。

「メリットって…。疲れるだけって…。お前は、今より確実に世間に認められるモデルになれるんだぞ！　もっともっと、いろんな場所に飛躍《ひやく》していけるんだぞ！」

皇一さんは、英二さんの態度や言葉が信じられない！　って顔しながら、衝動《しょうどう》的に席を立った。

けど、そんな皇一さんに対して英二さんは、顔色一つ変えなかった。

「興奮すんなよ。そんな、飛躍ったって。俺だけが飛躍してどうするんだよ。飛躍しなきゃいけねぇのは俺個人じゃなくて、あくまでもレオポンでありＳＯＣＩＡＬって組織だろう？　そのために俺自身も今以上売れる必要があるから、今回のことを了解しろと言うならわかるさ。けど、兄貴の言い方じゃ、まるで俺にレオポンやＳＯＣＩＡＬから独立して、一人のモデルとして世に出ろって言ってるみたいじゃねぇか」

変えないどころか、ますます冷ややかな目をするだけだった。

「それは…。そういう意味にとられても、仕方のない言い方をしているかもしれないが。しかし俺はな、英二。もしお前がそれをしよう、それがしたいと望むなら、その力がお前には十分あると思っているし、協力もしたいと考えている。なにも家族だからといって、ＳＯＣＩＡＬという組織の中だけに囚《とら》われている必要はないってな」

「…………兄貴」

しかも、今度は英二さんに対して、皇一さんが苦笑をもらした。

重たい溜め息を吐きながら、本当に告げたかったのは、聞きたかったのは、このことなのかな？

ってことを、静かに口にした。

「だから、この際正直に言ってみろ。お前、レオポンの専属であることが、ＳＯＣＩＡＬの組織に囚われてることが、邪魔だと感じたことは一度もないか？　しがらみだと思ったことはないのか？

それだけの魅力を持って生まれて。あれだけいろいろなところからスカウトを受けたことがあって。

なのに、ＳＯＣＩＡＬの人間だからという理由だけですべてを蹴《け》って。レオポンというブランドだけに身を収めて。それで満足してきたのか？」

それは、単純思考な僕が聞いても、とてもわかりやすい内容のものだった。

皇一さんさんの言葉は、〞一人のデザイナー〟が〞一人のモデル〟に向けた言葉ではなかった。

純粋に、ただ純粋に。英二さんのお兄さんとして。

英二さん自身の気持ちを何より優先して。

英二さんの本意がどこにあるのか、どんなものであるのかを、聞いているものだった。

「なぁ英二。お前ほどの気性の男が、自分の体一つでファッション界に挑戦して、どこまで通用するものなのか、試したいと思ったことはただの一度もないのか？」

けれど、それでも英二さんの表情は、ほんの少しも変わらなかった。

ただ冷ややかな瞳に、不似合いな微苦笑ばかりを浮かべるばかりで…。

「そりゃ…、己《おのれ》を知らねぇガキの頃ならともかく、今はそんな気持ちはこれっぽっちもねぇな」

たった一言で、皇一さんの想いを否定した。

「────英二!!」

『英二さん!?』

英二さんは、組んでいた長い足をいったん組み替えると、何気なく胸元に手をやり、ポケットから煙草《たばこ》の箱を取り出した。

僕がここに住み始めてから、初めて見るその仕草。

英二さんと知り合ってからだって、まだたったの二度しか見たことがない、喫煙《きつえん》シーン。

「だって、考えてもみろよ。こう言っちゃ悪いが、世の中のデザイナーみんながみんな、兄貴みたいに、〝デザインや名前が残らなくてもいい…〟なんてこと考えて、服を作ってるかって言ったら、そうじゃないぜ」

英二さんは、箱の中から煙草とライターを取り出すと、話をしながら口に運んで火を点《とも》した。

一服目に吐きだした煙が、皇一さんとの間に一瞬の壁を作る。

僕には、白い煙の向こう側とこちら側で、皇一さんと英二さんが対立しているように見えた。

『英二さん……』

だけど、だからこそ全くの外野にいる僕には、なんとなくだけど理解することができた。

英二さんがこんなふうに煙草を手にして話をするときは、何か普段とは違う姿勢で、話に臨んでいるときだ。

自ら感情が荒立たないように、意識してセーブしているときだ。

「大概《たいがい》は…、自分が作った作品が一番大事で、その作品を世間に受け入れてもらいたい。認めてもらいたい。それが叶《かな》うことが、自分自身が生きた足跡だ。そういう想いで、創り出してるもんだろう？　より多くの人間の記憶の中に、自分の名前やデザインを残したい、残し続けたいって望んで。だから世の中には、常に生まれてくる〝新しいブランド〟ってもんと、〝生き続けてる老舗《しにせ》ブランド〟ってぇのがあるんだ。そうだろう？」

多分、それを皇一さんもわかっているんだろう。再び席に腰を落ち着けると、自分もジャケットの内ポケットから煙草を取り出し、火を点しながら言葉を返した。

「……そりゃそうだろうが。それと俺の話とは別だろう？」

男同士の、大人同士の、社会人同士の会話が淡々と続く。

決して兄弟・家族だからという内容ではない、仕事のうえでの会話が。

「どっこい、別じゃねぇんだよ。そもそも見た目の善《よ》し悪《あ》しに関わらず、俺みたいにアクの強い人間っていうのは、兄貴みたいに俺の持つイメージそのものをモチーフにして、服を作ってくれるデザイナーがいるからこそ、大きな顔してモデルなんかやってられんだよ。それこそ俺がフリーのモデルなら、きっとどこからもお呼びなんか、かかりゃしねぇ。そうじゃなきゃ、過去に受けた他社のオーディションに、二度受けて二度とも一次選考で落ちるなんて、恥ずかしいオチにはなってねぇはずだろう？」

そして英二さんが自ら意識して、気持ちを抑えながら口にした内容といえば、僕には信じられないような、過去の惨敗話《ざんぱいばなし》だった。

『え!?　英二さんがオーディションに落ちたことがあるの？　しかも二度受けて、二度も一次選考で!?』

「……でも、それは単にそのオーディションの募集コンセプトと、そもそもお前のキャラが、あまりに合わなかっただけの話じゃないのか？　写真を見ただけで却下《きゃっか》されるぐらい、方向性の違う募集内容だったたってことだろう？」

「慰《なぐさ》めにもなんねぇな。仮にそうだとしたら、俺は余計にフリーのモデルじゃ食ってけねぇってことだろうが。俺のキャラに合った色濃いコンセプトのオーディションが、一体世の中にどれだけあるって言うんだよ」

「……それは！」

「それはもこれはも、ねぇんだよ。むしろないからこそ、〝レオポン〟ってブランド企画が物珍しさから当たって、今に至ったようなもんなんだからよ」

そのうえ、自棄《じき》になって喋《しゃべ》っているようにも聞こえる英二さんの物言いに、皇一さんはとうとう銜えていた煙草をギリリと噛んだ。

「英二っ、いいかげんにしろよ！　何も、そこまで自分を落として解釈しなくったっていいだろう。卑屈《ひくつ》だぞお前！　第一、〝物珍しさで当たった〟って言い方は、担当デザイナーの俺に対して無礼じゃないか！」

けれど、それでも英二さんはへーへーとしていた。

それどころか、半《なか》ばまで吸った煙草を灰皿でもみ消すと、

「んなもん、落とそうが持ち上げようが卑屈だろうが、失礼だろうが事実は事実だ！　生憎《あいにく》俺の頭はな、物を創る想像力には欠けてるかもしれねぇが、テメェのプライドとは別にしても、現実をきちんと見分けて、正しい判断だけはできるような構造になってんだよ！　デザイナーの兄貴にこういう言い方は悪いと思うが、デザインのよさだけで今の世の中、服なんか売れやしねぇよ。ましてや独立したセクションとして、ここまで維持なんかできねぇよ！　ＳＯＣＩＡＬの中にだって、興してはみたが消えていったってセクションは、数えりゃいくつもあんだろう！」

皇一さんが、ぐうの音も出ないようなことをはっきり、きっぱりと言いきった。

「――――っ!!」

なのに、それでも英二さんの言葉は止まらなかった。

「いいか兄貴、そもそもレオポンってブランドはな、ある意味時代が味方したシリーズなんだよ。バブルが弾けた暗黒時代に、世の中の女の好みが〝いかにも三高そうな羊系のやさ男〟から、〝何を

しても食わせてくれそうなウルフ系のガテン男〟に意識が傾いてきた。そんな時期にたまたまデビューしたから、予想以上の売り上げを発揮したシリーズになったんだ」

煙草をもみ消した瞬間に、自主規制までもみ消してしまったようだった。

「男は、馬鹿な生き物だからよ。なんだかんだ言って常に女の目を意識して自分を作るんだ。紳士《しんし》がモテれば紳士に振る舞う。ワイルドが流行《はや》ればワイルドに振る舞う。しかも、とりあえず多少の無理はしても〝形から入る〟って野郎はごまんといる！　だからこそ、ワイルド&パワー、そして気品ある純血種に反した粗野《そや》な〝混合種《ざっしゅ》〟をコンセプトにしたレオポンってブランドは、想像以上に当たってここまで持ってこれてるんだよ。でなきゃな、どこもかしこも不景気だっていうのに、もともと高級紳士服の、しかもフォーマル専門のイメージが強いＳＯＣＩＡＬブランドの服なんか、誰が金出して買うんだよ！　買ったとしたって、冠婚葬祭用に一生に一度の大奮発で、それでも手が出りゃいいって品物だぞ。世の中、金が余ってる奴なんか一握りしかいねぇのに。過去最高といわれる世間の失業率を、なめてかかってるといい加減に痛い目みんぞ！」

まるで、今までためこんでいたものを、ここぞとばかりに吐きだしたように。

「えっ…英二さん!!」

何もそこまで言わなくても！　って僕が言いたくなるぐらい、英二さんの自社製品とお兄さんへの評価は、手厳しいものがあった。

「にもかかわらず！　今さら俺個人を売るの売らないのなんて考えてやがって。そのために、今回のとんでもねぇ額のCM予算組んだのかと思うと、俺は情けなくって涙もでねぇぞ！　だったら少しでも経費を節約して、商品のコストを下げることを優先しろよ！　どんなに物がよかろうがブランド名に信用があろうが、いつまでも一枚何万なんて馬鹿高いシャツが、売れ続けると思うなよ！」

と同時に、英二さんはモデルとしての自分自身にも、世間や他人が見た以上に、厳しい評価を下していた。

そしてそのせいなのかはわからないけど、現状の段階ですでにモデルという役割よりも、いずれ受け継ぐという会社経営のほうに、比重を置いて物事を考えているみたいだった。

『英二さん……』

皇一さんは、何も言葉を返さない代わりに、黙って煙を吐きだした。

二人の間の白い壁が、ますます厚く高くなるようで、僕はなんだか息が詰まってきた。

『皇一さん……』

かといって、この場は僕がどうこう言えるような、場ではなかった。

介入することは許されないし、どう介入していいのかさえも思いつかないし。

ただ、話をしている英二さんにしても、それを聞いている皇一さんにしても。どちらもなんだかつらそうで。僕は見ているだけで、息が詰まった。

「そりゃ、こうは言ったって。俺だって兄貴の気持ちはすげえ嬉しいよ。たとえ身内贔屓《びいき》でも、そこまで言ってもらえるってことは、俺にとっては光栄なことだ。それに、俺は兄貴がいたからこそ、レオポンがあったからこそ、形は違えどＳＯＣＩＡＬって組織の中に、早乙女ファミリーってやつの中に、自分の居場所をもらったんだから」

「……英二」

「デザイナーとしての才能はねぇは、モデルとしては使い勝手が悪くて三流だはって俺が。同じ舞台にあげてもらって、身内ハズレにならなくて、すんだんだからよ――」

『英二さん…』

特に、自分に対して割りきりすぎてる英二さんの隠されていた一面を見ると、僕は息が詰まるどころか止まってしまいそうだった。

『こんなになんでもできる、なんでも持っているって思える人なのに。たまたま他の兄弟にはあって、自分だけにない〝特別な才能〟のために、家族の中に〝居場所がない〟って思うぐらい、苦しんだ時代があるなんて……』

過去に、そこまで追い詰められるほどの何かがあったのか。

それともただ単に、英二さんのない物ねだりな思いこみから、自暴自棄になっただけなのか。

その理由が、どこにどんなに形で英二さんの中に存在しているのかは、僕には全然わからない。

もしかしたら、皇一さんだってわかってないのかもしれない。

わかっているのは、どこまでも英二さん本人だけで――。

『けど、少なくともその何かを克服《こくふく》した理由の一つには、モデルという役割を得たことで、家族が集《つど》う同じ舞台に、自分の居場所を見つけだしたってことだよね？　それって、英二さんにとっては救いだったはずだよね？　なのに…それなのにそのモデルとしての自分にまで、こんな無下な評価をするなんて………』

それも、自分から受けて落ちたという、二つのオーディションが原因なんだろうか？

それとも他に、全く別な原因でもあるんだろうか？

『誰から見たって、絶対に英二さんは立派なモデルだと思うのに！』

カッコいいのに！　素敵なのに！

そういう容姿を持っているのに！　十分輝きを放っているのに！

『どうして自分で〝使い勝手が悪い〟とか、〝三流だ〟なんて言いきっちゃうんだろう』

僕は、もしこの言葉を他の誰かが言ったなら、この場で大喧嘩《げんか》になったって、それこそ殴り合いになったって、否定させて懺悔させて、「英二さんは一流のモデルだ！」って、言わせることができるのに。

『なのに、なのにそれがよりによって、〝本人の口〟から出た言葉だなんて……』

これじゃあ怒っていいのか、悲しんでいいのか。僕には感情の矛先《ほこさき》さえ、どこに持っていっていいのか、わからなかった。

『どうして？　どうしてなの英二さん………？』

けど、それでも英二さん本人は、自分が自分に下した評価に関係なく、堂々と胸を張っていた。

皇一さんに対しても、何気なく隣に座っている、僕に対しても。

「それでも俺はさ。レオポンのスタートと同時にSOCIALの経営サイドに首を突っこむようになってから、自分にはこっちのほうが合うかもしれねぇって、思い始めてた。モデルって仕事は、たしかに俺の気性《きしょう》に合ってるし、好きは好きな仕事だけどな。けど、極めようと思うには、俺は万人《ばんにん》向けのキャラじゃねぇ。あくまでもレオポンやそれに類する、狭い範囲でしか通用しないアクの持ち主だ。だったらいっそ、この体が人前に出しても恥ずかしくない間だけの。レオポンってブランドのイメージを壊すことのない、年齢の限界がくるまでのものにしようって開き直ったほうが、変にこれ以上気持ちも歪まなくってすむからよ」

「…………年齢の限界だと？」

「ああ、そうさ。俺が思うに、レオポンのイメージモデル&メインモデルなんて、続けられてもあと三年が限界だ。レオポンのセクションが〝ヤングカジュアル〟であるかぎり。コンセプトがワイルド&パワーであるかぎり。求められるのは、どこまでも二十歳前後の猛々《たけだけ》しい雄《おす》の魅力であり、この年代にしかでねぇだろう艶《つや》でありフェロモンだ。たとえどんなに兄貴が俺を溺愛《できあい》したところで、俺だって人間だから歳は食う。ってことは、兄貴がこれからやらなきゃいけねぇのは、先の見える俺に金をかけて小売りすることじゃなく、次世代のモデルを探すこと、そこに金をかけることだろう？　違うか？」

「次世代…モデル？」

「そうだ。今からでも育ちそうな若いモデルを発掘《はっくつ》してきて、多少の時間と金をかけて育ててやって。俺が退《しりぞ》いたあとのレオポンをリニューアルするなりリフレッシュして、それ以後も維持して守っていくことだろう？　それが、一つのセクションを丸々預かる、強《し》いてはそこに勤める社員を預かる、筆頭《ひっとう》デザイナーかつ経営者サイドの一人としての、役目なんじゃねぇのかよ」

決して自分の下した評価も判断も、仕事として割りきるならば、間違いではないだろう？　と、静かに強く、そして真っ直ぐに訴えてきた。

英二さんの想いは、すでに過去に自分がこだわり続けた〝居場所〟にではなく、レオポンというブランドの未来や、ＳＯＣＩＡＬという家族より大きな組織に向けられて、賢明《けんめい》に注ぎこまれているんだって。

『………英二さん』

僕は、昨日より今日のほうが、また少し英二さんのことがわかった気がした。

でもなんだかわかればわかるほど、英二さんって人がますます僕には大きくて、それでいて実は遠くのほうにいる人なんじゃないかな？　って、思えてくる。

ただ見た目のいいナンパ人だと思っていた英二さんが、実は一流大学の法学部にいるような人で。それどころか有名ブランドのモデルさんで、御曹司さんで。

そんな肩書きだけでも、僕とは別世界の人なのかもしれない…って、思わされたこともあったけど。でも、今日のはそれよりさらに特別な感じがした。

英二さんには、本当に自分で見つけた道があって、居場所があって。

それを迷うこともなく真っ直ぐに歩いている今の自分と、そしてこれからも歩き続けるぞ！っていう、とっても強い未来への姿を持っている。

それはとても魅力的な姿で、また改めて惚れ直しちゃったよ…っていう強さで。

僕は今この席に、英二さんの隣に座っている自分が、世界で一番幸せなんじゃないのかな？って、本気で思うぐらいだ。

けど、でもそれだけに。なんだか英二さんが、とっても遠くの人のように思えるのも、僕の正直な気持ちだった。

「………わかったよ。お前にそこまでの考えがあるなら、お前個人の売り出しは諦めるよ」

静まり返った部屋に、皇一さんの声が響く。

英二さんの気持ちを、皇一さんは素直に快《こころよ》く受け止めたんだろうか？　それとも、仕方なしに受け止めたんだろうか？

すっかり短くなってしまった煙草を灰皿でもみ消すと、なんだかふて腐れたように言葉を続けた。

「俺のちっぽけな願望は…、この場で諦めることにするよ」

「兄貴の、願望？」

「ああ、そうさ。俺だって、ただ漠然《ばくぜん》とこんなことを言い出したわけじゃない。ずっと、ずっと願い望んできたことがあった。だから行動に出たことだ」

「…………兄貴」

皇一さんの言葉は、どうやら〝仕方なしに…〟って感情からだった。

英二さんの想いを優先し認める代わりに、自分自身が諦めるなり、妥協しなきゃならないものがあるんだって、ちょっぴり恨みがましいニュアンスだった。

「お前が今より世に出て、人気者になるのが願いだった。世界の巨匠《きょしょう》デザイナーがお前の存在を欲しがって。これでもかってほど多忙になって。ワンステージ何千万なんてギャラをもらうような究極のスーパーモデルになりあがる。けど、それでもレオポンのためだけには、俺の舞台だけには、他のどんな仕事をキャンセルしても、絶対に最優先で務めるんだ」

ただ、その中身はといえば…………。

「…………あ？　なんだそりゃ」

英二さんの体が、思わずカクンてしちゃうようなものだった。

「なんだそりゃって、わかりやすい望みだろう？　世界屈指の有名デザイナーが、俺に向かって〝すまないが、今度のコレクションに君の英二くんを貸してくれないか？〟と頭《こうべ》をたれてお願いするんだ。んでもって俺は、〝まあ、そんなにご丁寧に出られちゃ断れない。いいですよ、貸してあげますよ♡〟とかなんとか言ってほくそ笑んだりするんだ。しかもときには、〝私のコレクションがあるから今回は無理ですね…〟とか言ってつっぱねて。それも世界の巨匠相手にだぞ。どんなに気持ちがいいかしれねぇぞ！　片手に天才テーラーを抱き、片手に世界のトップモデルを従え。作りたい服を作って、着せたい奴に着せる。揚げ句に人から羨《うらや》ましがられるなんざ、デザイナーにとっちゃ究極の至福だろう！」

果《は》たしてこれは、どこまで本気でどこまでが冗談なのか？

ピリピリとした空気を改善するために、あえてお茶らけてみました……ってところはあると思う。

でも、それだけじゃこんなに力強くは語れないだろう……っていうふうにも思える。

とにかく皇一さんがどんな趣旨でここまで言いきったかは別にしても、まともに聞きに回った英二さんの顔を引きつらせるくらい、強欲と煩悩に包まれた願望を、熱く語ったことだけはたしかだった。

『……………皇一さんって。やっぱり英二さんのお兄さんだな〜』

ただし、こんな言葉を聞いて、こんな実感が僕の中にしみじみと沸き上がったなんて英二さんに知れたら、「それはどういうことだ！　一緒にすんな！」って、怒られるかもしれないけど。

でもそれってきっと、皇一さんの持つ根底からの〝人の好《よ》さ〟みたいなものなんだと思う。

僕の大好きな英二さんが持っている優しさと、同じものなんだろうな……って思う。

『なんとなく、感情の波長みたいなものが、同じ気がする♡』

僕は、すっかり緊張の解《と》けた空気の中で、ようやくまともに呼吸できるようになった気がした。

ホッと溜め息をつくと、なんだか体中に新しい酸素が回る。

「つてたく、何が究極の至福なんだかよ。そんなチンケな願望を熱く語るなら、世界のトップモデルが他社を断っても、ぜひ使ってくれと頭を下げてくるような、自分が巨匠を目指せってんだ。自分が巨匠になることをよ」

「まぁ、そう言われりゃ身も蓋《ふた》もないけどな。たしかに、手放すことを前提にしてまで、お前に金を注ぎこんで売ろうなんて考えるなら、むしろレオポンそのものに金を注ぎこんだほうが、今よりもっと売れて、俺のデザイナーとしての名前が上がるわな。今後のＳＯＣＩＡＬにとっても、そのほうが大いに有意義《ゆうぃぎ》そうだ」

「だろう。ったく兄貴は、妙なところで自分自身に欲目がないんだよな。願望だけはやたらにゴージャスなくせしてよ」

そしてそれは、英二さんと皇一さんにも言えているようで。二人の会話は煙の壁を消し去って、仲のよい兄弟同士のものになった。

「まったくだ。じゃあお前の言うとおり、今から思考をすっぱり切り替えるから、お前は俺を売るために、まずは相良に撮られて名前を上げろ♡」

ただ、そうなったらそうなったで。やっぱりお兄さんにはお兄さんなりの、弟を抑えこむだけの権限というか、いや、要領のよさみたいなものがちゃっかりとあった。

「なっ！　何!?」

すっかり話が一周しちゃって、結局同じことを言われた英二さんは、「今までなんのために俺がこんなに熱弁ふるったと思ってんだよっっっ！」って顔をしながら、今度は自分が席を立った。

「人の話聞いてんのかよ！　テメェはよ！」

それこそ皇一さんに向かって、頭の上から吠えまくった。

『英二さんっっっ』

けど、皇一さんはそんな英二さんに、嫌がらせのように満面の笑みで言い返す。

「聞いてるさ。だからこそ、相良にキャンセル料を払った揚げ句に、代わりのカメラマンを用意するのは無駄な経費だろう♡　だったら、頼んだ依頼はそのまんまとして、このお兄様のほうが〝依頼の最終目的〟を、大幅に変えてやるって言ってんだ♡」

「恩着せがましく言ってんじゃねぇよ！　そりゃ単なる揚げ足取りだろう！」

「なんとでも言え。世の中結局は結果論だ。その結果を出すために、しいては未来の俺の巨匠計画のために、お前は相良を唸《うな》らせるような被写体を演じればいいんだ。そして、レオポンってブランドを背負ったまま、今より確実に知名度を上げて。それこそお前の顔を見たら、うちのブランドを自然に思い出すぐらい。若いモデルたちが、第二の早乙女英二になりたい、レオポンやＳＯＣＩＡＬの舞台を歩きたいと憧《あこが》れるような人気モデルになりゃいいんだ♡　そうじゃなきゃ、お前が言うとおりこの不景気に、高級ブランドのカジュアルなんて売れやしない。存続もできやしないだろうし、ましてやお前のあとがまなんて生まれもしないだろう？」

「兄貴っ！」

「俺もさ、お前が個人の野望や栄光よりも、レオポンやＳＯＣＩＡＬの繁栄《はんえい》と存続を望むというなら、この先もできる限りの努力は惜しまないからさ。たとえ、雄二ほどの才能が俺にはないってわかっちゃいても、お前の言うデカイ野望ってやつを、今日から心して持つことにするから」

ただし、晴れやかに見えて、どこか悲しげな。なのに、とても力強く見える笑顔を。

『………皇一さん』

英二さんは、そんな笑顔を真っ直ぐに向けられると、何かを言おうとしていた唇を強く噛んだ。吐きだそうとしていた言葉そのものを、まるでそのまま飲みこむように。

「これでもな、英二。俺だってお前ほど、自分ってものをわかっちゃいるんだ。お前がアクのあるモデルって言うなら、俺のデザインにはそもそもそのアクがない。もともと控《ひか》え目でおとなしい上品さっていうのが、俺の売りであり好むところだからな。それが、お前の派手さに焦点《しょうてん》を合わせて作ってるから、レオポンはどうにか躍動感《やくどう》のあるカジュアルに仕上がってる。俺とお前が持っている要素が、プラス・マイナスでゼロっていう相乗《そうじょう》効果を生み出してな」

僕には理解できない。実感したこともない。才能という言葉が、再び二人の笑顔を消した。

僕からしたら、こんなにすごい人達なのに。

どうしてたった一言の言葉と意味に、これほどまでに翻弄《ほんろう》されて、自分を傷つけ、もがきあがいているんだろう?

「けどな、それじゃあ世界には出られない。国内さえ制覇《せいは》なんかできやしない。本当にデザインだけでお前を世界に出せるって言ったら、アクの強いお前みたいなキャラを使ってなお、プラス・プラスですべてをプラスにするだけの力がいる。アクをアクで抑えてなお、魅力に変える才能がいる。雄二のように、圧倒的で他を寄せつけないほどの、親父を超えるような天性の才能がな――――」

『…………皇一さん』

僕は、話を聞けば聞くほど、英二さんや皇一さんにこんな顔をさせている雄二さんってどういう才能を持った人なんだろう？　それってそんなに、すごくて偉いことなの？　って、素直に思った。

もちろんそれは僕に、そもそもここで言うところの〝才能〟って言葉の意味を、理解できるだけの知識も教養も、恐らくセンスも何もないからだろう。けど、わかりすぎてつらいことがあるんなら、かえって何もわからずにいるってことが、ときには幸せなのかもしれない…とは思った。

だって、少なくとも僕は〝葉月だけが持っている才能〟に対して、それが特別にいいものだとは、考えたことがなかったから。

そりゃ多少は「いいいな、百点ばっかで…」とは思ったことがある。けど、それでも他人に対しても、自分自身に対しても、単純に「僕の弟ってすごーい♡」って心から自慢できてた。

その事実が自分を傷つけたり、翻弄させたりってことは、この前英二さんともめたときまで、ただの一度もなかったから。ってことは、雄二さんに対する英二さんや皇一さんのジレンマからくらべたら、（いや、くらべるのもおこがましいぐらい次元が違うことなんだろうけど）僕は相当幸せだってことだろう。

と同時に、それぐらい僕の親も、僕と葉月の落差に対して、なーんも気にしてなかったってことだろうけど。

『………やっぱり、大本《おおもと》は親の性格違いなのかな？　それとも、あくまでも環境の差？』

世間から一目を置かれ綺羅《きら》で華美《かび》な一家。でもそれだけに、他からではわからない、しがらみや苦悩が、たくさんあるのかもしれない。

「――なんて、回りくどい話をして悪かったな。結局のところは、俺には雄二ほどの力はない。だから、それを補《おぎな》うためには策略がいる。宣伝力がいる。他人の力だろうが、ジンクスだろうが、投入できるものは投入する。そこに必要以上の金がかかったとしても、なんらかのリスクがあったとしても。この機会を逃すことは、外すことはできない。だからお前には、心から賛同してほしいし、納得してカメラに向かってほしい。ようはそれだけの話だったんだろうけどな」

「兄貴………」

ただ、それを乗り越えてさえしまえば、普通の家族にはない繋がりが。特別な絆みたいなものが、家族の中に生まれて育つんだろうけど………。

「今回のコレクションは、冗談抜きで一番気に入っている。浮かび上がった〝熱砂の獣〟というコンセプトも、それに見合ったデザインも。すべてが早乙女英二に、そしてレオポンというブランドに、今までで一番相応しいものだと断言できる。だから、俺はこのコレクションを一番いい形で世に出したいし、人の記憶に残したい。わかってくれ、英二」

「………もういいよ。わかったよ。兄貴がそこまで言うんなら、俺はもうなんにも言わねぇよ。サハラだろうが、アラビアだろうが、ゴビだろうが。どこの砂漠にでも連れて行きやがれ！　俺はそこで兄貴の言う〝熱砂の獣〟ってやつになって、相良の野郎を唸らせてやるからよ」

「英二！」

「英二さん!!」

一つの目的のために、互いに持っている力を惜しみなく合わせるという。

血の繋がりだけでは決して得られないだろう、男同士としての、仕事人同士としての、切っても切れない〝特別な強い絆〟みたいなものが――――。

『本当に、僕と葉月の絆とは大違いだけど…。でも、こういう兄弟も素敵だな♡』


こうして、この日はちょっぴり普段より、緊張感のある時間が流れた。

そしてその末、英二さんは今週末（秋分の日の連休）を利用して、来春用のレオポン・コレクション〝熱砂の獣〟（なんかコンセプトだけでドキドキしちゃう♡）の、ＣＭ撮影へと泊まりがけで出かけることになった…んだけど――――。


「あ！　なんだって!?　今なんて言いやがった!?」

「だから、他に予算をかける手前、撮影はサハラでもなければアラビア、ゴビもなく、鳥取砂丘でやるからな♡　と言ったんだ」

「────とっ、鳥取砂丘だ!?　アラブの王だの砂漠の獣だの、なんだかアレコレとイッちまった妄想の元に、こっぱずかしくなるようなコンセプト立てやがったくせに！　せめて背景から俺をその気にさせてくれるという、配慮《はいりょ》もねぇのか!?」

皇一さんの話は、本当に真剣なのかふざけているのか微妙なもので、最後の最後まで、英二さんの感情を荒立て、なおかつ苦笑を浮かべさせた。

ただし────。

「しょうがないだろう。俺だって、行けるものなら海外ロケ…とは思ってたんだけど、いろいろスケジュールの都合や、撮影セットの都合もあってな。その代わりと言ってはなんだが、菜月ちゃんを連れて行けるからいいだろう？」

「何!?」

「どうやらこの家の中身を見る限り、連れこんだばかりの新婚さんみたいだからな。二〜三日とはいえ、一人でお留守番じゃ可哀相《かわいそう》だ。しかも、またお前と間違えて、誰かに〝お帰りなさいキッス〟をかましたら大変だしな♡」

「えー！　本当ですか!!　それって、僕もついて行っていいってことなの？　もしかして、撮影とかの見学もありなのっっっ♡」

僕にとっては、その場で飛び上がって万歳《ばんざい》しちゃうぐらい、嬉しい嬉しいお話♡　だった。

「もちろん♡　愛しの菜月ちゃんがいたほうが、英二もグレずに…いや、はりきって撮影に臨んでくれると思うからさ♡　今回は可愛いお出迎えをしてもらったお礼に、菜月ちゃんの旅費は全部俺が出してあげるから。心置きなく英二についておいで♡」

「うわーい♡　嬉しいっっっ！　ありがとう皇一さんっ♡」

僕はステージ以外でお仕事しちゃう英二さんを生で見られるのかと思うと、英二さんのさらに悪化していく顔色に気づくこともなく、一人で浮かれてはしゃぎたてた。

皇一さんはそんな僕の反応に、満面の笑みを浮かべていた。

「いやいや。俺は全世界を敵にしても、可愛い男の子の味方だから。これぐらいの配慮は当然ということで。なぁ、英二♡」

ただ、どうしてか英二さんに対しては、弱みを握《にぎ》ったような、してやったり♡　みたいな、フフンという顔をしてた。

「…………」

もちろん、皇一さんのそのフフンな顔の意味を僕が知ることになるのは、撮影現場に向かってからのことだったけどね。

4

高級服飾ブランド・SOCIALのデザイナーの一人、早乙女皇一さんによって手がけられた新世紀最初のレオポン・コレクションは、〝熱砂の獣～オトコ～〟というコンセプトの元に作られたという、春～夏物のカジュアルだった。

それが一体どんな品物なのかは、撮影が始まってみなければわからない。

ただ、そのCMの撮影のために呼ばれたカメラマンさんは、物凄い力と技術とジンクスを持っている伝説的な方らしく、しかもその他に呼ばれた英二さんとの共演モデルさんや、モロモロのスタッフさん達に至っても、過去にないぐらいの最高のメンバーが集められるらしい。

とはいっても、それが一体どんな撮影になるのか、何がどうすごいのかなんて、僕にはさっぱりわからなかった。

聞いた話の端々《はしばし》で、勝手に「こんなななのかな？」とか、想像することしかできなかった。

けどだからこそ、その妄想というか想像というかが頭の中に駆け巡ると、僕は当日が楽しみで楽しみで。たったの一日二日のことなのに、ものすごーく長く待たされたような気にもなった。

そして、待ちに待った週末がやってきた――――。

「うわーい、鳥取砂丘に行く日だー♡」

僕は遠足を控えた小学生のような興奮状態で、夕べはほとんど眠れなかった。

だからというわけではないけれど、今朝は僕が英二さんのことを起こし、朝一番で到着しなきゃ！　っていう羽田空港にも、余裕でたどり着くことができた。

「飛行機だ、飛行機だー♡　僕、飛行機乗るの初めてー♡」

「あ？　そうなのか？　んじゃお前、この前は飛行機に乗ったこともないのに、先にヘリに乗ったってやつだったのか？」

「うーん♡　父さんや母さんや葉月を見送ったときに、実はちょっといいな、乗ってみたいな…って思ってたんだー♡　だから、余計に夕べは眠れなかったの♡」

「お前って。なんか、本当になんでもやってやりがいのあるやつだったんだな。飛行機に乗るだけで、こんなに喜べるなんて」

「何言ってるの！　英二さんと一緒に乗る飛行機だから、こんなに嬉しいんだよ♡　ただ乗りたかったわけでも、そのために眠れなかったわけでもないよ。決まってるじゃん♡」

「小悪魔め。そうやって俺をたぶらかすんだよな、菜月はいつも」

「あ、ひっどーい。心から思って言ってるのにぃーっ」

んでもって、ここから撮影現場までの移動時間は、こんな馬鹿なやりとりをしながらも、〝ちょっと新婚旅行みたい♡〟な、スイート気分で。僕は英二さんが呆れちゃうぐらい、眠ってないのに元気&ハイテンションだった。

「…………あれ？」

がしかし、それは羽田に到着してから、わずか数分の間に鎮圧《ちんあつ》されることとなった。

それはなぜかといえば、

「遅いわよ、英二！　何のんびりしてんのよ！」

向かった搭乗《とうじょう》ゲートの入り口から、いつかどこかで見た迫力ある女性達が、チケットを片手に近づいてきて、僕らを怒鳴ったからだった。

「げっ！　あいつらなんでこんなところに!?　…って、あ！　さては兄貴の野郎っ、謀《はか》りやがったな！」

「えっ？　ええ？　謀る？　謀るってどういうこと？　あの人達、英二さんのお母さんとお姉さんじゃん!!」

「だから、兄貴の野郎！　自分と俺が同類になったのが嬉しくって、お袋や姉貴に菜月のことをチクりやがったんだ！」

「ええ？？？　それって僕が、英二さんのところに扶養家族してるって、お母さん達にまでバレちゃったってことなの？」

「恐らく、扶養家族どころか〝お帰りなさいキッス〟までつつ抜けだな。そうじゃなきゃ、いくら撮影の手伝いに声をかけられたからって、低血圧の夜型人間なあいつらが、こんな朝っぱらから現れるわけがない。あの満面の笑みは、絶対に一分でも早く菜月のことで、俺を苛め倒したくって現れたって顔つきだ」

「ひぇぇぇぇっっっ。一気にそこまでバレちゃうの？　しかも、僕のせいで英二さんがいじめられちゃうの？　それってもしかして、僕となんか付き合うなってことなの？」

僕は自分で吐きだした言葉なのに、〝付き合うな…〟って単語に、胸が詰まるようだった。

そりゃ僕は、英二さんの部屋に転がりこんだ揚げ句に、ちゃっかり扶養家族されてるんだから、いつかは英二さんの家族にもバレちゃったりはするんだろうな…とは思ってきた。

それこそ、天下泰平《たいへい》なお気楽ファミリーな僕のうちでさえ、いざ父さんに英二さんを紹介したら、あれだけ敵意むき出しで、大人《おとな》気《げ》なく威嚇《いかく》したんだから。場合によっては僕なんか、英二さんの両親に目茶苦茶ショックを受けられて。恨まれたり憎《にく》まれたり、「別れろ！」とか、言われちゃうかも…なんて、悪い妄想もしたりしてた。

でも、つい最近。すでに皇一さんの恋人が男の人だって聞いてから、家族の人も少しはそういうのにも慣れてて、僕たちに対して〝意外に当たりは柔らかいかも…〟なんて、チラホラと思い始めていたのもたしかだった。

もちろんそれが逆効果で、〝そんなのは皇一だけでたくさんだ！　英二までなんてゆるさーん！〟ってこともありえるだろう…とも思ったけど。

いずれにしても僕にとって、早乙女ファミリーの皆さんは、何があっても超えなければならない、二人の関係に理解を得てもらわなければならない、特別な特別な人達だった。

だってそうじゃなきゃ、実はこんなに家族想いなっていうか、家族に執着《しゅうちゃく》のある英二さんが、僕と家族を天秤《てんびん》にかけてどちらかを？　なんてことになりかねないから。

そんなことになったら…なんてことさえ、絶対に考えたくなかったから。

「………僕、英二さんのところにいられなくなっちゃうの？」

僕は、迫りくるお母さんとお姉さんを目前に、自然と目がウルウルしてくるのが自分でもわかった。でも、そんな僕に英二さんは、

「いや、そういう次元のことじゃねぇから安心していい。むしろ普通の発想からしたら、お前のしている心配のほうがもっともなんだけどよ。うちはそもそも全員が〝普通の感性〟の家族じゃねぇ。息子の恋人が男だろうがオカマだろうが、一歩先行くニューハーフだろうが。それこそ娘の彼氏が妻子持ちの男であっても、そんなもんは全然問題にしねぇ奴らなんだ」

「え!?　何それ？」

「ようは、我が家で大事なのは〝世間の常識〟より〝己の仕事〟なんだよ。ある意味での芸人家族なんだ」

「………芸人家族？」

「おう。早い話、個人の〝仕事にかける感性〟ってもんが磨《みが》かれるには、多少なりにも色恋ざたは不可欠だろう…っていうのがうちの親・兄弟の考え方でな。基本的にそれが鈍《にぶ》るような相手じゃな

ければ、どんな恋をしようがかまわないんだ。仕事にプラスになって、当人の力や支えとなれる相手であれば、たとえ象やカバや宇宙人が恋人なんだって紹介しても、〝あら、よかったわね♡　これでいい仕事ができるわね♡〟と、言って笑える鋼鉄《こうてつ》の心臓の持ち主がそろってるんだよ」

「………僕って、象とかカバとか宇宙人と同じレベルなの？」

「たとえばの話だよ！　だから、俺がいじめられるって言ったのは、あくまでのお前の存在を反対されるのどうのってことじゃなくて。家族の中じゃ、一番常識人な俺の揚げ足ネタにして、ここぞとばかりにからかうだろうってことなんだよ」

「………えっ？　英二さんが一番常識人なの？　こんなにハチャメチャな英二さんが、最も一般人に近い家族って、一体どういう家族構成なのさ？」

「どさくさに失礼なこと言ってんじゃねぇよ。とにかく、うちの奴らは俺以上に性格悪いってこったから、俺がここからどんな目にあっても、お前は気にしなくっていいぞ！　ってことだ。言動が激しくってね、それは愛情過多なスキンシップだと思っておけ！　いいな！」

「うっ…うん」

『………あっ…愛情過多なスキンシップ？　一体、どんなスキンシップなのかな？』

なんて思っているうちに、双方の距離は縮まった。

僕と英二さんの前に、まずはお姉さんの帝子《ていこ》さんが立ちはだかった。

「つたく！　朝からイチャイチャしてんじゃないわよ！　デレデレしちゃって恥ずかしいわね！」

開口一番、英二さんは弁解の余地もなく、帝子さんからパコン！　と一発頭を殴《なぐ》られていた。

『うわぁっ、迫力っっ!!　ハイ・ヒール履《は》いてるとはいえ、帝子さんってば女の人なのにっ。英二さんと同じぐらい背が高いよっ！　同じ目線で話してるよーっ！　しかも今の一発、超痛そうだよっっっ!!　これが愛情過多なスキンシップなの？？？』

自分の家では考えられないような愛情表現に、僕はビビりまくっていた。

けど、一歩遅れて僕らの前に立ったお母さんの視線は、もっともっと怖かった。なにせその視線は英二さんではなく、ビビりまくっている僕のほうへと向けられていたから。

『こっ…こっちもすごい長身だ。履いてるのなんかロー・ヒールなのに、英二さんと同じぐらいあるっっ。元モデルさんだとは聞いてるけど、僕のお母さんとは違いすぎるよっっっ！』

英二さんのお母さんは、一目で〝英二さんのお母さんだ…〟ってわかるほど、英二さんを女性化したような迫力満点の美人さんだった。しかも眼光だけを比べるなら、年季が入っているだけあって、お母さんの圧勝！　って感じの鋭さがあって。

『えっ…英二さんより怖い目つきの人なんて、生まれて初めて見たかもっっっ』

僕は、女の人にここまで睨《にら》まれ、見下ろされたのは初めてのことだった。そうじゃなくても、開口一番何を言われるんだろう？　「これが早乙女家の洗礼よ！」とか言って、僕もパコン！　って殴られるのかな？　って思うと、心臓がバクバクしてるのに。

僕はご挨拶《あいさつ》どころか愛想《あいそ》笑いさえ浮かばないほど、カチンコチンに緊張していた。

「ねぇ、聞いていいかしら？　あなたが今、英二のところにいるっていう、菜月ちゃんって子？」

すると、綺麗で落ち着きのある（でも怖い）アルトの声が、僕の身元調査を開始した。

「………はっ…はい」

僕は、蛇に睨まれたカエルの状態だった。

気持ちだけなら、すっかり丸呑《の》みされてしまってた。

余りに怯《おび》えているので、英二さんが何気に自分の後ろに庇《かば》おうとするぐらい、僕の全身は固まっていた。

「そう。じゃあ、あなたが間違いなく英二のところに転がりこんできた、朝倉菜月ちゃんなのね？」

「は…はい。転がりこんだ朝倉菜月ですっ！　迷惑かけてごめんなさいっっ!!」

僕はしがみつくように英二さんの後ろに隠れると、何かを考える前に謝り倒してしまった。

「………そう♡」

けど、お母さんはそんな英二さんを僕から押し退けると、突然何を思ったか、声をメゾソプラノぐらいまで引き上げて、揚げ句に僕に向かって両腕を広げてきた。

「きゃーっっっ、やっぱり本当なのね！　嬉しいっっっ♡」

『………え？』

「見て見て帝子、皇一の言ったとおりよぉっ♡　英二のお嫁さんってば、なんてちっちゃくて可愛い子なのかしらっっっ♡　もぅママ、こういう子が現れるのを、今か今かと三十年以上も待ってた

んだからーっっっ!!」

しかもとんでもないことを口走ると、スリムなのに豊満な肉体で、いきなり僕のことをムギューって抱き締めてきた。

もともと寸《すん》たらずが災いし、僕の顔は思いっきり胸の谷間に埋まる。

『うわっ、うわっ、うわーっっっ何ごと??????!! 母さん以外の女の人が、胸がっっっ! どうしたらいいの、葉月っっっ!!』

僕は、一瞬にして緊張を通り越して、大パニックに陥った。

「しかもしかも、菜月ちゃんてば♡ 抱き締めた感触が、まるで赤ちゃんみたいにすっごく柔らかいわぁ♡ なんかこんな感触、二十数年ぶりって感じよぉ♡ 今すぐ大枚はたいても、全身アンジュで着飾ってあげたくなっちゃう♡ 本当にあんた達と違って、ベリー・キュートよぉぉぉ♡」

だって、英二さんのお母さんってば、長男が皇一さん(32歳!)ってことは、それそこの年齢のはずなのに。むちゃくちゃ若く見えるうえに、〝今が旬?〟ってぐらいのセクシー美熟女《じゅくじょ》だったから。

そうじゃなくても僕なんか、女性に対する免疫《めんえき》がほとんどないのに。あったって、うちのキャルるん♪ってした、お母さんしか覚えがないのに!

こんな迫力のある女性の胸に抱かれて、あっちこっち撫でくり回された日には、

『たっ、助けて英二さーんっっ!!』

わけがわからなくなって、ひたすらバタバタ・モガモガしてしまった。

「悪かったな！　ベリー・キュートじゃなくってよっ。お袋の遺伝子を見事に受け継いでるのに、ベリー・キュートだったら逆に怖いだろうが！　しかも、どさくさにまぎれて人のもんを、撫でくり回してんじゃねぇよ！」

そんな僕のSOSを察したのか、英二さんは僕を救うべく手を伸ばしてくれた。

「そうよそうよ！　悪かったわね、私達と違ってて！　でもね、英二の言うとおり、うちの家系には父方にも母方にも、先祖代々〝可愛い子系〟の人間なんかどこにも存在してないんだから。私達の容姿に文句があるなら、まずは墓参りにでも行って、先祖《せんぞ》に言いなさいよ、先祖に！　第一ママ、どさくさにまぎれて独り占めしないでよ！　私にも菜月ちゃん触らせてよ！　ったく人が遠慮《えんりょ》してればすぐにそうやって我が物顔でっ！」

けど英二さんの手は、文句を言いながらも伸ばしてきた帝子さんの手によって、ものの見事にはたき落とされ、あっさりと僕の救出に失敗した。

それどころか僕の隣にいたポジションさえ奪われ、シッシッ！　と二〜三歩離れたところへ、軽く追いやられてしまった。

『うわーっつっ、逃げられないよっつっ！』

結局僕は、お母さんどころか帝子さんにまで手を出されると、あっちこっち撫で回されて。おまけに胸をつき付けられて。二人の胸の狭間《はざま》で、クラクラ・クラクラする羽目になった。

きっと世間の男の人から見たら、羨ましいような光景なんだろうけど。なんせ英二さんで欲情しちゃうようになってる僕には、ただただ混乱の材料にしかならなかった。

「あーら、先祖に文句なんて。あんたが生まれたときにもうやったわよ。たしかにあんたはそこそこ美人に生まれたけど、小さい頃から頭ばっかりよくって、生意気な口利いて。ちっとも可愛げなかったんだもの」

「あら、でもそれって、美人なのに頭カラカラのママに比べたら、そうとう優秀だってことじゃないの？　普通は感謝するべきでしょう？」

「ほうら、言ったそばから可愛くないこと言う！　頭カラカラで悪かったわね！　それでも現役時代は、今のあんたよりママのほうがいっぱい稼《かせ》いでたわよ！　文句があるなら稼いでごらん！　じゃなきゃ少しは、菜月ちゃんの可愛い屋さんぶりを見習いなさいよ！」

「悪かったわね！　頭いいのに年収がママより低くって！　可愛い屋さんにもなれなくって！　でもね、ママだってどう見ても可愛い系じゃないのよ！　兄弟の中で一番クリソツなのが、あの英二だって評価されてるところで、いい加減に己を知りなさいよ！　ママはね、誰が見たって魔女系の女なのよ、魔女系の！」

「ふん！　それでもママは、性格が可愛いいい天使系さんだから、それでいいのよ♡　根底から〝男は下僕《げぼく》だ〟とか思ってる高飛車なあんたと違って、ママはパパにとっての〝永遠の可愛い屋さん〟だもの♡　あんたも男にコビの一つも売れるようにならないと、一生損することになるわよ！」

と、そのうち僕の頭上では、なんだかわけのわからない争いが、さらに炸裂《さくれつ》し始めていた。

『うわぁ……壮絶かも』

けど、そんな会話をしながらも、お母さんと帝子さんは僕を撫で回すのを止めなかった。まるで、一つしかないお人形の取りっこでもしてるみたいに。実に楽しそうに僕のことを、頭からムギュッって抱き締めたり、顔やほっぺたを撫で回したり。ときには頬擦りしたりしながら、英二さんの言う愛情過多なスキンシップ（でも英二さんの場合は殴られるらしい）ってやつを、続けていた。

僕は、いまだに抜けることができない胸の谷間から、視線だけを外野に飛ばされた英二さんに向けると、ちょっぴりだけど恨めしそうに睨んでみた。

『なっ…何が英二さんに愛情過多なスキンシップなんだよっっっ！　これじゃあ僕のほうがターゲットじゃんかっっっ!!』

英二さんはそんな僕に両手を合わせると、「すまん。当てが外れた」と、頭を下げるジェスチャーをしている。

『まぁそれでも。いきなり別れろとか言われるよりは、この扱いはとっても幸せなことなんだろうけどさ』

僕は、思い描《えが》いた〝最悪な設定〟に比べることで、〝今はおもちゃでもいいや〟と納得した。

扱いはすごいことになってるけど、お母さんも帝子さんも、一応僕のことを気に入ってくれて、喜んで可愛がって（？）くれてるみたいだから。

「んまー、ママったら。恥ずかし気もなくよく〝性格が天使〟だなんて言うわよね。いい加減にその歳になってまで、カマトトぶるのやめなさいよ！　カマトトの語源さえ知らないくせにっ」

「その歳はないでしょ、失礼ね！　だいたいあんた、自分が頭がいいからって、そうやってママを馬鹿にするのも大概にしなさいよ！　カマトトの語源ぐらい、ママだって知ってるわよっ！　〝カマスっておトト？〟って、わかりきったことをわざとらしく聞くことじゃない！」

「ふっ。それを言うなら〝かまぼこって、おトトでできてるの？〟って聞くことよ！　あーもー、恥ずかしい！　なんて無教養なのかしらっ」

ただ、そんな開き直りをしたら、僕は少しずつパニックが収まって、冷静になることができた。

僕のうちにはない光景だけど、いわゆる〝母と娘〟って、こういうライバルっぽいところがあるのかな？　でも、このお母さんと帝子さんの母娘なら、どこぞの〝なんとか姉妹〟にも負けず劣らずゴージャスだし、女同士として張り合うのも、なんだかわかる気がするな…って。

あれこれと思い浮かべる、余裕みたいなものが生まれてきた。

「え？　カマトトって外国語じゃなかったんですか？　東南アジア系とかアフリカあたりの」

だからと言うわけではないけれど、僕は思いきって話に参加してみた。

「え？　外国語!?」

「とっ…東南アジア系に、アフリカあたり？」

ただ、予想だにしなかった僕の参加に（というより馬鹿っぷりの露見《ろけん》に）、驚いたお母さんと帝子さんは、同時に僕の体を手放した。

そして、二人そろって空になった手に手を取り合うと、真顔で僕を見る目を点々にした。

「菜月ちゃん、それって今どきの若い子の冗談なの？」

なんだかおそるおそる、ジェネレーションギャップについて、問いかけてきた。

「え？ あ、もちろん冗談ですよ！ かまぼこの話なんですもんね♡ あの板に乗った、かまぼこの♡ 紅白とかある、お正月に食べるやつの、原材料のお話♡ ねぇ英二さん」

僕は、胸の谷間から解放されてホッしつつも、うっかり出てしまった自分の馬鹿っぷりには、必死のフォローが必要だった。

ただ、この会話の先をどうしていいのかわからなくって、思わず英二さんに救いを求める。

「でも、僕知らなかったな。かまぼこって、お酒で作るものだったんだ」

「菜月、それは〝おトト〟じゃなくて、お屠蘇《とそ》だ。おトトは魚のことだ」

「え？ 魚!? かまぼこって魚だったの？ だって骨ないのに？ あ！ ってことは、あれっておお刺身の仲間だったんだ！」

「――――あ!? お刺身の仲間だ？」

「え？ 違うの？ 英二さん」

「ちっ…違うといえば違うし。かといって、そうじゃないとも言いがたいな。今度、改めてゆっくり説明してやるから、今はもう何も考えるな。なんか、俺のほうが頭が痛くなってきた」

ただし、それは僕の唯一の救助先であったはずの英二さんの笑顔まで、ものの見事に凍《こお》りつかせることになったけど。

『……どっ、どうしてぇ？　なんでみんな固まるのぉ？？？　葉月は聞いたら、どんなことでもなんでも、よろこんで説明してくれたのにっっっ！　もう、菜っちゃんてばお茶目さん♡　とか言って、笑って教えてくれたのにっっっ！』

僕はこのとき、いかに今まで〝いつも隣にいた葉月〟のおかげで、他人から白い目で見られずに生きてこれたんだ…ってことを、つくづく実感してしまった。

『葉月ーっっっ、カムバーック！』

ここで呼んでも、無駄なのはわかってるけど。僕は頭を抱える英二さんを見ながら、心の底で「どうしてここにいないんだよ、葉月ーっっっ」って、叫んでいた。

「す…すごいわ、帝子。ママ、こんなに徹底《てってい》した可愛い屋さんは生まれて初めて見たわ。ブルことにかけては年季の入ったママにさえ、絶対真似できないボケぶりだわ」

「そっ…そうかもね、ママ。どんなにママが頑張って作っても、やっぱり天然ものには敵わないのよ。しょせん、ママの可愛い屋さんは、養殖よ養殖！　天然ブリの前には、どんなに頑張っても味も価値も落ちるのよ。しかも菜月ちゃんは今が旬《しゅん》！　ピチピチのプリプリの食べ頃なんですもの」

しかも、僕は初めてあった人達から、〝天然の（ボケ）ブリ〟だと言われ、少しばかりムッとした。だってさ、天然のハマチだと言われるなら、まだこれからでも〝ちょっとは出世しそう〟な気がするけど。ブリまできたらもう出世なし！　はっきりいって、行き止まりじゃんよっ！

『どうせ僕は、ボケだし、ブリだし、お馬鹿だよっっっ！　ふんっ！』

ただ、そうは思ってふて腐れても――――。

「そうね、たしかにちょっと青そうだけど、今からが食べ頃よね。本当に、可愛いうえに私よりおボケさんなんて。この先、一生巡り会えないかもしれない希少価値よ♡　もう英二ってば、でかしたって感じね！　よくぞ、こんなに遊べるスーパー・キュートなお嫁さんを見つけてきたわよ♡　ママは、このボケぶりまですべて含めて、菜月ちゃんが愛しいわ♡　もう、ギューしちゃお♡」

「あー！　またどさくさに紛れて自分だけギューしてっ！　そうやってママだけ独り占めしないでよ！　私だってママみたいな作り物は好きじゃないけど、ナチュラルな可愛い屋さんなら大好きなのよ！　私にもギューさせてよ！」

英二さんのお母さんであるママ（なんかあだ名みたい♡）と、お姉さんの帝子さんの手荒い愛情過多なスキンシップは、多少馴れれば温かくって、柔らかーいものに感じられた。

匂いも感触も、英二さんのものとはまったく別なものなのに。不思議と英二さんの持ってる温《ぬく》もりと、同じものが感じられて――――。

『うん。慣れさえすれば、体のほうも〝知らない女の人が！〟って驚きがなくなるみたい。しかも、これが英二さんのママとお姉さん♡　って記憶すると、なんだか身内感覚に思えてくるから不思議だな♡』

僕は、もうバタバタしないで、二人の胸の谷間にギューされてしまった。

はっきりいって、僕のお母さんはこんなにグラマーじゃないから、きっとこういう感触を味わうのは、あとにも先にもこれっきりかもしれないけど♡

なんて思っていると、発着便の案内アナウンスが、どころからともなく響き渡った。

「あ、いけない帝子！　そろそろ搭乗時間じゃないの!?」

ママは途端に素《す》（可愛い屋さんしていない、女主人的なキリリな顔）にもどってハッとすると、腕時計を見ながら帝子さんに確認を取った。

「そうよママ、早く搭乗しなきゃ。飛行機一本遅れても、けっこうなロスタイムよ。さっさと行って、さっさと終わらせないと、ゆっくり菜月ちゃんを撫で回すこともできないわよ」

それを受けた帝子さんも、自分の腕時計で時間を確認しながらも、一瞬にして〝お姉さん〟の顔から、撮影現場に向かう〝一人のデザイナー〟の顔になった。

「そうね。じゃあ菜月ちゃん、時間だから急ぎましょうか。せっかく一緒なんだし、行きは帝子と席を代わってもらって、ママの隣にいらっしゃい。ママが、飛行機の中で英二の小さい頃のお話、菜月ちゃんにいっぱいしてあげるから」

「え！　本当ですか♡　英二さんの小さい頃のこと聞かせてくれるんですか？」

でも、僕に向けられるのは、あくまでも英二さんのママの顔だった。

「もちろん♡　聞きたいことがあったら、なーんでも聞いていいわよ♡　ママ、菜月ちゃんのためなら、どんなに英二が恥ずかしがることでも、包み隠さず教えてあげるから♡　ね、帝子。いいでしょ、行きはそれでも」

「もぉ、ママってば相変わらずちゃっかりしてるんだから。ま…、行きだけなら譲ってあげるけど。でもその代わり、しゃべりすぎて英二が菜月ちゃんに、捨てられるようなオチにはしないでよ。そんなことになったら、私たちまで菜月ちゃんと遊べなくなっちゃうんだからね」

英二さんを思う、お姉さんとしての顔だった。

「わかってるわよ！　ってことだから、菜月ちゃん。どんな話を聞いても、いつまでも英二と一緒にいてあげてね。もちろん、ママ達ともよ♡」

「はいっ！　もちろんですっっっ♡」

僕は、そんな二つの顔を持つ女性達から〝一番聞きたかった言葉〟〝欲しかった言葉〟をもらうと、すっかりママとお姉さんに懐《なつ》いてしまった。

そしてママに誘導されるまま、一緒に搭乗口へと歩き始めると、

「ってことだから、英二！　ありがたくも私があんたの隣に座ってあげるんだから、私たちの荷物は全部あんたが持つのよ！　いいわね！」

帝子さんの言葉だけが、僕の背後で無情に英二さんへと向けられていた。

『あ、しまった‼　英二さんが一緒だったの忘れてた！　席代わってもいい？　って、了解も取らないどころか、振り向きもしないで置いてきちゃったよっ！』

……なんて、思った頃には遅かった。

「テッ…テメェら！　勝手なことをぬかしやがってっ!!　菜月！　お前俺に対するその仕打ち、忘れねぇからな！　あとで覚えてろよ！」

『えっえっえっー？？？　あとで何するつもりなの？　英二さんっっっ！』

このあと僕は、英二さんから発せられた一言に翻弄されたせいか、変な妄想ばかりが巡ってしまい、せっかくママが〝英二さんの昔話〟を教えてくれたというのに、結局半分以上が耳の右から左へと通りすぎてしまった。

くすん――――。


約七十分のフライトを終えて鳥取空港に到着した僕たちは、そこからはハイヤーで撮影現場となる鳥取砂丘へと向かった。

天然記念物にも指定されている鳥取砂丘は、海岸から内陸に広がる起伏の大きな砂の丘だった。とはいっても、正直いってここは日本だし。僕はラクダが歩いているような、よくテレビで見るような砂漠の光景とは、きっと全然違うんだろうな。多分、ちょっと広い砂浜なんだろうな…ぐらいに思って、ここまでついてきていた。

「うわーっ、砂漠だぁ♡」

けど、僕の思いこみは現場に到着した瞬間に一転した。

そりゃ、ピラミッドがあるようなどこまでも果てしない砂の海…というほどではないけれど。それでも、これだけ砂の世界が広がっている場所が日本国内にあったなんて！　って思うだけで、僕はとっても感動できた。

「すごーい。砂丘一面に、波みたいな模様がある」

なんて、不思議そうに言ってると、また馬鹿なこと言ってるな…とか思われちゃうかな？

でも、初めてまともに見る景色なんだから、これぐらいは許されるよね。

「その波みたいな模様は、風紋《ふうもん》って言うんだよ」

だって、英二さんも今度は固まらないで、それとなく景色の説明してくれてるし。

「ふうもん？」

「そう。風速三～四m以上の風が吹くと、風や水の流れから砂の粒子が移動して、こんな波みたいな形を作るんだ。海の底にも同じようなのが見られるだろう？　学術的には、こういう波模様のことを〝蓮痕《れんこん》〟って言うんだけどな」

「れんこん？」

「ああ。けど、どこのキザなやつが付けたのか知らねぇが、砂丘で見られる波模様には風紋って呼び名があるんだ。風の足跡…とでも言いたかったんだろうがな」

俺のおかげで一つお利口《りこう》になっただろう？　って、ちょっと自慢気な顔をして、僕のこと見て笑

顔になってるし♡

「風の足跡かぁ。ふ〜ん。なんだかロマンチックだね」

僕は砂丘を初めて見たことへの感動と、英二さんのご機嫌が直ったことで、嬉しさとハイテンションに拍車がかかった。

「まぁな。これで月夜に、宝物でも積んだラクダがそろえば、お前の乙女チックドリームは、そうとう満たされるだろう？」

「えー、それじゃあ片手落ちだよ。やっぱりそこには〝砂漠の王子様〟がいなくっちゃ♡」

英二さんの腕に自分の腕をスッと絡めると、人目も憚《はばか》らずにギュッってする。

まぁ、みんな撮影準備に追われていて、自分のお仕事に必死だったから。きっといちいち、僕らのことなんか見ちゃいないよ！　って、強みもあったけど。僕はいつもよりあからさまに、英二さんに体をすり寄せ、甘えてしまった。

「……………さっ、砂漠の王子様だ？」

「そ♡　夜空を彩《いろど》る星よりも、キラキラと輝く瞳を持っていて。照りつける太陽より強い情熱で、〝おまえのためだけに、この砂の海を越えてきたんだ——〟ぐらいかましてくれちゃう、ちょっと強引目な王子様がね♡　はっきりいって、宝物もラクダもいらないけど、これだけは譲れないよ。なんせ僕のドリームには、英二さんは絶対不可欠だから」

英二さんだけに聞こえるように、「ね♡　王子様♡」って、からかうみたいに言った。

「おっ、お前は！」

すると英二さんは、一瞬周りの目を（というより、周りの耳を）気にして、キョロキョロとあたりを見回した。

「大丈夫だよ。誰にも聞こえてないって♡　英二さんにしか聞こえてないよ」

僕の言うとおり、誰も聞いてなかったみたいだ…って確信すると、英二さんは僕の頭をちょっと乱暴に抱き寄せた。

「お前は！　こんな収拾のつかないところで誘うなよ！」

焦《あせ》ったように、小声で呟く。

「え？　誘う？」

僕がその呟きにキョトンとすると、英二さんはさらに僕の耳元に顔を近づけてきた。

「そういう可愛いこと言われると、いますぐひんむいて、一発やりたくなるだろう！」

「えっ、英二さん！」

ストレートなH話に、僕は自分の体温が急上昇したのがわかった。

「俺の存在をすっかり忘れやがった、さっきの仕返しもあるのによ」

そのうえ忘れかけていた〝あとで覚えてろよ〟を思い出させられ、耳元で〝チュッ♡〟ってキス音を聞かされ、揚げ句にコンマ数秒の神業！

「――――っ!!」

英二さんは僕の股間《こかん》をズボンの上からサラって撫で上げると、その手を何事もなかったように振り上げて、

「おーい、そろそろ着替える準備は整ったのかー？」

スタッフの中でキビキビと指示を出していた帝子さんに声を張り上げると、何食わぬ顔をして僕の側から去ってしまった。

僕には、その後ろ姿だけで英二さんの本心が見えるようだった。

英二さんは今絶対に、僕に向かって「ふふん」って笑いながら、意地悪な顔をして舌を出してるに違いない！

『しっ…信じられないっっっ!!』

なのに僕は、一瞬にして欲情させられアソコを半勃起《なかだち》させられると、どうしていいのかわからなくなって、その場にしゃがみこんでしまった。

『こんなところで、こんなことになっちゃって、僕にどうしろって言うんだよっ！』

焦れば焦るほど、ムクムクって起き上がってくる。

普通なら勃起したものも萎《な》えちゃうんじゃなかろうか？　っていう状況なのに。瞬間着火されちゃった僕の肉体には、些細《ささい》な動揺さえも欲情を煽《あお》り立てる、刺激に感じられてしまうらしい。

『ひどいよ英二さんっ！　こんなことして自分は知らん顔していっちゃうなんて！』

僕の心の叫びも空《むな》しく、英二さんは帝子さんの側まで歩み寄ると、撮影用のセットや控え室用と

して張られたいくつかあるテントの一つに、案内されて消えていった。

『責任取れーっっっ!!』

僕は、この高ぶり始めてしまった下半身をどうにか静めなきゃ！　って思うと、とりあえず頭の中で興ざめしちゃうようなことを探して考えた。

『一一が一、一二が二、一三が三…………』

ものは試しで、九九を唱《とな》えてみた。これは効果ありだった。

「あれ、菜月ちゃん。どうしたのうずくまったりして？　具合でも悪いの？」

けど、そんなときに急に皇一さんに声をかけられて、背中をポンとか撫でられたもんだから、全身がブルッっと震え上がった。

「やぁんっ！」

突然の刺激に妙な反応しちゃって、うっかり変な声を上げてしまった。

ただ自分の出した声に驚いて、九九だけでは収まりきらなかった欲情が、一気にスゥっと引いてくれたのはありがたかったけど。

「やぁんっ♡　って言われても、お兄さん困っちゃうな〜♡　お昼前からそんないい声聞かされちゃうと、思わずこうして抱き締めて上げたくなっちゃうだ――痛っ！」

けど、ふざけて僕に抱きつこうとした皇一さんが、突然何者かに突然ボカッと殴られる音がすると、僕の肉体からは完全に欲情のよの字もなくなった。

「何すんだよ、珠莉！」

皇一さんの怒声が響く。

「何すんだよ、だと？　俺の目の前でそんな若い子に手を出そうとしやがって！　殴られた理由を聞くかお前は！」

でも珠莉と呼ばれた人の怒声は、皇一さんとは比べ物にならないぐらい、迫力あるものだった。

『珠莉…さん？』

僕は、おそるおそる振り返ると、怒声の正体を確かめる。

「――――――!!」

その人は、〝美貌の天才テーラー〟と、英二さんがサラリと言ってしまうほどの人だった。

そしてそんな彼に惚れこんでしまった皇一さんが、自分の持っているものすべてを注ぎこんで、ようやく手に入れたんだ…と豪語するほどの人だった。

話を聞いたときからずっと僕の中では、一体どんな人なんだろう？　って、思い描き続けてきた。けど、僕は珠莉さん本人を目の当《ま》たりにした瞬間、どんな人を思い描いていたのかさえも、吹き飛んでしまった。

『わぁ…、綺麗♡　セクシー♡』

僕は、こういっちゃなんだとは思うけど、英国紳士を地で行くキラキラな父さんを見て育っただけに、滅多なことでは他人のビジュアルに感動することはなかった。

初めて感動させてくれた直先輩は、優しくてスマートで、知的なカッコよさがあった。

お父さんの若い頃にそっくりな従兄弟のウィルも、〝正真正銘の貴公子様は、やっぱり伊達《だて》ではない！〟と思わせる、繊細《せんさい》かつハイソサエティな魅力がいっぱいだった。

英二さんに至っては、僕の長年に渡って培《つちか》われてきたキラキラ思考の概念《がいねん》を、こっぱみじんに蹴散らすほどの圧巻《あっかん》さで。今現在僕の中では、揺るぎない〝カッコいい男ナンバーワン〟の存在だ♡

そしてそして、その英二さんと同じ血の流れる早乙女ファミリーの方々も、それぞれに個性があって、みんながみんな唸っちゃうような、素敵なカッコよさを持っている人達だ。

けど、珠莉さんっていう人は、そういうこれまでの僕のデータそのものを、ものの見事に除外視した人だった。それこそ〝美貌〟って言葉がこんなにシックリと似合ってしまう男の人を、僕は初めて見たし、実感した。

そう。それほど珠莉さんという人は、どこか女性的な優しさや憂《うれ》いを感じさせる面差《おもざ》しを持ちながら、でもシャープでクールで、ちゃんと男の人の顔なんだ。

軽くウェーブのかかった、細くてサラサラな茶髪が、細い肩で揺れていて。左の片耳にだけ飾ったルビーのピアスが、絶妙に色っぽくって。スラリとした華奢《きゃしゃ》な姿態に、レオポンのコットンシャツとジーンズが、すっごくよく似合っていた。

ただ、なんかそれが僕には、とっても不思議に思える要素だったけど。

『熱砂の獣――――？』

だって、今回のようなコンセプトが成り立っちゃうほど熱いイメージのある英二さんと、この珠莉さんとでは、まったく違うタイプの人だったから。

どちらかといえば珠莉さんは、クール・ビューティーっていうイメージのほうが、強く感じられる人だったから。

なのに、これって着こなし方のせいなんだろうか？

それともレオポンというネコ科の獣が持つ、獰猛《どうもう》な激しさは切り捨てて、耽美《たんび》でしなやかな要素だけを自分に取り入れ、身につけているってことなんだろうか？

珠莉さんは英二さんとは静と動、柔と豪ってぐらい正反対の人なのに、目茶苦茶レオポンの似合う、超美人さんだった♡

ただし、その容姿に反して言動のほうは、噂どおりそうとう激しそうな人だけど……。

「皇一、テメェな！　あれほどその〝ナンパぐせ〟をいい加減に止めないと、俺は別れるって言ってるにも関わらず、なんでそう見るもの見るもの手を出さないと気がすまないんだよ！」

珠莉さんは、僕を抱き締めようとした皇一さんの襟《えり》を鷲掴みにすると、見た目からは想像もつかないほどの〝べらんめい〟な口調で、まくし立てて責め立てた。

「いや、だから…。今のはナンパ対象じゃなくって、別枠のつもりで」

「別枠だと！　それはどういう意味なんだよ！　ナンパよりもっと始末が悪いってことか!?　浮気じゃなくて、本気ってことか!?　しかも、今になってこんなケツの青そうな子供に趣味が変わったって言うのは、三十路《みそじ》を越えた俺への当てつけなのか――――っ!?」

けど珠莉さんは、怒鳴り散らしながらもジ〜ッと見入る僕の視線に気づくと、〝ん？〟って怪訝《けげん》そうな顔をした。

それこそ珠莉さんをポカンってみとれちゃってる僕の顔を見下ろすと、

「なっ…なんだよ、お前！　まさかこの馬鹿に抱き締められたかったのに、邪魔しやがってこの野郎とか思って、俺を睨んでるんじゃないだろうな！」

「え？」

「え？　じゃねぇよ！　そんな可愛い子ぶった顔したってな、こいつは俺にベタ惚れなんだから、一回や二回抱かれたところで遊びですまされるのがオチだぞ！　悪いことは言わないから、体に傷つける前にこいつのことは諦めろ！」

僕みたいな〝お尻の青そうな子供〟に対して、真顔で〝皇一は俺のモノだ！　近寄るな！〟って、威嚇してきた。〝こいつのことは諦めろ！〟って、言い放ってきた。

「すごい、珠莉さんって」

僕はその真剣な姿に、心から感動してしまった。

「なんだと!?」

「どう見たって皇一さん、珠莉さんのことベタベタに惚れまくっちゃってるのに。それなのに、全然うぬぼれたりとかしてないんだもん。こんなに自分も皇一さんのこと大好きって主張して、全然関係ない僕まで、本気で追っ払おうとするなんて……」

僕は、同じような立場にいる同志として、なんか〝偉大《いだい》な大先輩〟をここで見出だしてしまったような喜びに、自分でも目がキラキラしてくるのが自覚できた。

「――――は？　全然関係ない？」

綺麗でクールで、そのうえお仕事では天才とか言われちゃう人なのに。

恋人である皇一さんに対してはものすごく素直で、正直で。ちょっとしたことに対しても、烈火《れっか》のごとく嫉妬するぐらい、愛して愛して、愛しちゃってるんだもん。

「教えてください珠莉さん！　いつから皇一さんとお付き合いしてるんですか？　何年ぐらい続いてるんですか？　どうやったらそんなふうに、歳をとっても仲よくラブラブでいられるんですか？　やっぱり毎日、〝愛してるよ、マイダーリン♡〟とか、言っちゃうんですかぁ？」

「なっ、歳をとってもラブラブって、どういう意味だよ！　第一、お前はなんでそんなこと俺に向かって聞くんだよ！　お前、皇一のなんなんだよ!?」

ただ、恋敵だと思って威嚇した相手から、突然キラキラとした尊敬のまなざしと、質問攻めにあった珠莉さんは、ひどく困惑していた。

「だから皇一さんとはなんでもないですって♡　だって、僕のダーリンは英二さんだから♡」

「えっ…英二だ!?　じゃあもしかして、皇一が英二のマンションで出くわした〝お帰りなさいキッス〟の子ってお前…いや、君なのか!?」

「はいっ♡　だから珠莉さんも、間違っても気紛れ起こして、英二さんに迫ったりしたらだめですよ！　英二さんは、僕だけのダーリンですからね♡」

しかも僕の相手がそもそも皇一さんではなく英二さんだと聞き、揚げ句に僕みたいな子供に「英二さんを誘惑しないでね」って予防線を張り返されたもんだから。珠莉さんはもはや、困惑を通り越して呆然としているみたいだった。

『あれ？　それにしてもなんでこう次から次へと、みんなこんな絶句顔になっちゃうんだろう？　僕、そんなに間抜けなこと言ってるかな？　大人って、わかんないな～』

とはいえ、僕は自分が起こしてしまった言動には、今さらフォローができないから。ニコニコって笑ってごまかすしかなかったけど。

「ふっ、あっはっはっはっ！　さすがに切れ者の珠莉でも、菜月の見当違いなハイテンションには、達者な口さえ塞がれたらしいな。かれこれ十年近くあんたを見てるけど、そんな間の抜けた面したの、初めて見たぜ」

と、そんなときだった。さっきテントの中に消えた英二さんが、撮影用の衣装《いしょう》（？）に着替え終わったみたいで、颯爽《さっそう》と僕達の前に姿を表した。

「英二！」

「英二さん、どうしたのそれ！　カッコいいいっっっ!!」

けど、僕はこの瞬間。夕べからの睡眠不足が祟《たた》って、白昼夢でも見ているのかと錯覚しそうになった。

「そうだろう、そうだろう♡　俺は何を着ても様になる男だからな」

「うん♡」

「どうよ珠莉。今になって兄貴に爆笑かまされながらも、この俺様が宗旨がえまでしてゲットした可愛い子ちゃんは、なかなか素直なうえに外見も中身もカッ飛んでて、珠莉にも負けてねぇだろう？」

　だって、そう言いながら僕の隣に立って、僕の肩を抱き寄せた英二さんは、

『本当に砂漠の国の王子様が現れたみたい♡』

　って言葉にでそうなぐらい、王子様な姿で現れたんだ。

「こいつはな、一見ポヤンとして見えるけど、実に本当に中身までポヤンとしてて、ある意味なかなか侮《あなど》れない可愛い子ちゃんなんだぜ♡　な、菜月」

「うん♡♡♡」

　真っ白なアラビアの民族衣装（カンドゥーラ）に、細工の凝《こ》った大きなエメラルドの首飾り。

　頭の上には、いかにもアラブな白い布（カフィーア）が、ヒラヒラヒラっとヒラヒラめいて。

　そして、その白い布を押さえるための頭の輪っか（アガール）は、何気なく首飾りとおそろいのデザイン仕立てになっていた。繊細な銀細工に、ところどころに小さなエメラルドがいくつも埋めこまれていて。まるで王冠のようにキラキラ・キラキラと輝きを放っていた。

『にっ、似合うっ♡　もう、何言われてもうなずいちゃうぐらい、似合いすぎるよ英二さんっっっ♡』

シンプルな基本衣装にセッティングされたゴージャスな装飾品は、不思議なぐらい英二さんという人を、オリエンタルで神秘的な人に見せていた。

それこそ普段は眼光がガン！　って感じで、どちらかといえばギラギラとした粗野なイメージがあって。どう頑張っても僕が父さんにイメージし続けてきた、キラキラな〝王子様〟っていうタイプには、絶対に見えない人なのに。

なのに、キラキラはしてなくても英二さんは、身につけるものをちょっと変えただけで、立派に一国の王子様に見える人だったんだ。

『そうか…、さっきはなんとなく〝砂漠の王子様♡〟なんて口走ったけど。そうなんだよ！　考えてみたら何も王子様っていうのは、ヨーロピアンでキラキラで、お城でダンスとか踊っちゃうようにな、そういう人ばかりじゃないんだよね。どこまでも広がる荒野《こうや》を駆け巡るような、灼熱《しゃくねつ》の太陽に直下したような国に君臨する王子様だって、ちゃんと世の中にはいるんだから……』

英二さんのギラギラとした獣のような瞳の中に宿っていたのは、強さと激しさだけではなかった。どこか高貴で、それでいて人を圧倒するような力があって。まるで生命の源のようなものが、英二さんの瞳には漲《みなぎ》っているみたいだった。

『……ああ、どうしよう。目眩《めまい》がする』

僕は、珠莉さんに対して自慢気に僕のことを紹介している英二さんを横目で見ると、なんだかさっきとは違った意味で、体がカーッっとなってきた。

肩を抱かれているだけなのに。

他に何してるってわけでもないのに。

『王子様な英二さんが隣にいて。王子様な英二さんの腕が、こんなにしっかりと僕のことを束縛《そくばく》してるぅ♡』

その事実だけで、僕の頭の中には血が巡ってしまい、甘い至福に泥酔《でいすい》しきっていた。

「ん？ どうしたの菜月ちゃん、赤い顔して。やっぱり熱でもあるんじゃないの？ さっきうずくまってたのって、調子が悪いからなんじゃない？」

そんな僕を気遣って、皇一さんが話を振り出しに戻す。

そう、そういう心配をされて、本当はさっきも背中をポンってされたんだ。

でも、まじめに僕の体調を気遣ってくれた皇一さんには申し訳ないけど、僕は肩を抱く英二さんにそれとなく寄りかかりながらも、

『大丈夫。これは英二さんのせいだから♡』

って、心の中でおのろけていた。

だって、僕には英二さんと一緒に暮らし始めてから、何かしら毎日毎日〝こんなところもカッコよかったんだ♡〟って、細やかな発見があったんだ。

そりゃもう、それを毎日聞かされる葉月が、いい加減に電話するの止めようかな…って思っても不思議じゃないぐらい。毎日毎日、発見していたんだ。

けど、さすがに三週間も過ぎれば、もうそろそろこの発見も打ち止めだろうな、なんて思っていた。いくら英二さんがカッコいいよっっ！　って思って僕がメロメロでも、いい加減に限界だろうって。

なのに、こんなに強烈な姿をまだ見せつけられるなんて、僕は思いも寄らなかったから。

僕の熱は、治まりようもない――。

「あ？　そうなのか菜月？　さっきまでなんともなかったのに。お前、はしゃぎすぎて知恵熱でも出てきたんじゃねぇのか？」

何気なく額に伸ばされる手が、ひんやりとしていて気持ちがよかった。

エッチするときには、これでもかってほど、どこもかしこも熱いのに――。

「そっ、そんなことないよ。大丈夫だよ。ちょっと眠気が出てきたから、体温上がってきたのかも」

普段のときは、まるで体温調節でもしているみたいに、ひんやりとしているなんて。

僕ばっかり四六時中熱くさせられるなんて。

なんだかズルイって、思っちゃう。

僕ばっかりはまっちゃって、僕ばっかり夢中になって。

僕ばっかりが恋焦《こ》がれているような、そんな気持ちになってくる――。

「眠くなると体温上がるって、赤ん坊みたいだな。まぁ、腹が減ったと言っては泣き、かまってほしいと言っては泣くってあたりは、赤ん坊と変わらないけどな」

「あ、ひどい！　どうせ僕は何もできないよっ！　扶養家族なうえにいっつも泣き散らかしてばっかりいるし。そのうえすぐに機嫌が悪くなっちゃうし。始末の悪い赤ん坊だよっ！」

僕は、悔し紛れにちょっとふて腐れてみた。

「よしよし、ちゃんとわかってるじゃねぇか。菜月には、俺がいないと生きていけねぇって♡　俺にこうやって、四六時中保護されてるってありがたみがよ――」

なのに、そんな僕を片腕で抱き締めると、英二さんはさも〝当然よ♡〟みたいな憎らしい笑みを浮かべて。僕の心に、鉄の塊より重たい束縛の枷《かせ》を、しっかりとくくり付けてしまった。

『あ、だめだ。このアラビアンコスチューム、僕のつぼにはまりすぎだ。なんか、このまま押し倒された日には、言われるままに何でもしちゃいそう。もう、王様と奴隷《どれい》ゴッコでも喜んでしちゃいそう♡　とかって、気分の自分が心底怖いっ』

しかも、自分の思考に一片の嘘もつけないところが、つくづく英二さんに感化されたというか、慣らされたよな〜って思うと、僕はこの世の中で、今一番怪しい人物になってるかも…と思った。

「あーあ、目も当てられねぇイチャイチャぶりだな。なんか見てるほうが視線を逸《そ》らしたくなってくる。それに、今の今まで俺は知らなかったぞ、皇一。英二がこんなに一人の人間にはまる奴だったとは」

そんな僕の内心を見抜いてか、それとも僕にはわかりきらない英二さんの胸の内を見抜いてか、珠莉さんが呆れたようにぼやいていた。

自分だって、ちょっと前に皇一さんとの間を見せつけたくせに！

「それは、英二が生まれたときから兄をやってる俺だって一緒だよ。なんてったって英二は、幼稚園に上がった頃からハーレムを持ってるようなナンパ男だったからな」

皇一さんも、呆れてるのか感心してるのか、もう少しわかりやすい態度とってよ！

そんな、ハーレムハーレムって、僕を脅かすようなことばっかり口にして！

「それも嫌なガキだが。にしても、ちょっとの間にこんなに変貌《へんぼう》しちまった英二を見た日には、世界に散らばる現役ハーレムの美女達が、どんな顔すんだろうな……って、噂をすれば登場だ」

でも、そんなことを思って〝プー〟とか頬を膨らませている場合ではなかった。

珠莉さんの顔がピクンってしたかと思うと、僕らの前には長身の美女集団が、見事なぐらいズラーッっと現れた。

「はぁ〜い英二。おひさー♡」

「なぁに、最近遊んでくれないと思ったら、あんた趣味がえしてたわけ？」

「全く、皇一センセといいあんたといい、それって私達に対する挑戦？」

しかも、国際色豊かなうえに、頭身もボディラインも完璧っていう、お見事な人達が。

「こんないい女が、あんたにだけはいつでも無条件で足開いてあげてるっていうのに、よりによって皇一さんセンセと同じ道に走るなんて！」

「そうよそうよ！　皇一センセから〝あんたとの共演をぜひ頼みたい〟って熱烈なラブコールがかかってきたから、他社のコレクション蹴って飛んできてあげたのに！　こんなに共演者がワラワラいるは、あんたは恋人作ってるは、ふざけんな！　って感じよ」

まさにハーレムと呼ぶにふさわしいお色気と人数（一、二、三、四、五…ざっと十人はいる!!）で、文句を言いながら僕らの回りをぐるりと囲んだ。

「ちょっと待て、兄貴。こいつらと共演って、どういうことだよ。俺は、この撮影にそんな予定があることなんか、なんにも聞いちゃいねぇぞ」

しかも、この状況を全く予期していなかったのは僕だけではなく、撮影の主役である英二さん本人も……だったみたいで。英二さんは今にも引きつりそうな顔を皇一さんに向けると、〝どういうことだコラァ！　説明せんかい！〟みたいな目で、睨みつけた。

「ん？　そうだったか？　やっぱ熱砂の獣とくりゃアラブの王様。アラブの王様といえば美女美女だらけのハーレムだろう♡　俺はこの一本のCMに、全世界の男のロマンを実現させるんだ♡」

けど、そんなの見慣れた域に達しているだろう皇一さんには、英二さんの眼光も全然効き目なんかなくって。開き直って男のロマンを語られた揚げ句に、胸を張って威張られるだけだった。

「いやー、それにしたってこれだけ世界で活躍中の、しかも万国のお嬢さん方に声かけるのは、俺も無茶苦茶に骨を折ったんだぜ。しかもそれで〝うん〟って言ってもらってここまで集めるなんざ、自分で言うのもなんだが、俺ってすごいデザイナーなんじゃない？　って思うぐらいだぜ」

「馬鹿言ってるよ。これだけの質と人数を集められたのは、元から親しい英二との初共演って餌《えさ》と、写真家相良のスペシャル撮影、さらには早乙女夫人が昔のよしみで、各プロダクションの社長に根回ししまくってくれて、スケジュール調整してくれた結果じゃねぇか。誰もお前の服のためだけに、集まってきたわけじゃねぇだろうが。なんせレオポンは、メンズ・ブランドなんだから」

でも、そんな皇一さんも核心をズケズケと突きまくってくる珠莉さんには、今一歩も二歩も敵わないみたいで……。

『あ、そうとう本当のこと言われたらしい。皇一さん思いっきり凹んだ顔してる。英二さんでさえ、俺だってそこまでは言わない…って顔してるし』

「悪かったな。俺ごときの服のためには、誰も集まらなくって」

「んなもん兄弟のよしみとはいえ、英二をゲットしてるだけでも、ありがたいんだからいいじゃんよ。第一、そうやってふて腐れる元気があるなら、早く自力で集められるだけの地位まで上り詰めろよ。自分の名前と実績だけで、このお嬢さん方が喜んで飛んできてくれるような、メンズだけじゃなくって、レディース・ブランドも手がけられるような、世界の一流のデザイナーによ」

皇一さんは、英二さんよりもドギツイことを言いまくる珠莉さんに、無言で苦笑を浮かべる。

「なにせ、いずれそうなるって見こんだからこそ、この俺様が精魂《せいこん》こめて、お前の服だけを作ってやってるんだから」

けど――――。

「……珠莉」

「世界の名だたるオートクチュール・ブランドからの誘いを蹴って。わざわざ一生、お前の側でお針子さんやってやるって言ってるんだからよ♡」

魔性《ましょう》の微笑みというか、絶対の信頼感というか。

それ以上の愛情を言葉に出されると、皇一さんの苦笑は自然に微笑へと変わっていった。

「……はぁ。見てられないわね、相変わらず」

どこからともなく、うらやましげな溜め息と言葉がもれていた。

『……珠莉さんって、すごい。本当に心から、皇一さんのこと支えてるんだ。恋人としても、仕事の上でのパートナーとしても』

僕は、口は悪いけど凛《りん》とした物言いの珠莉さんの姿を見ていて、言葉を聞いていて、『こんな関係いいな』『僕も英二さんと、こんなにふうになれたらいいのにな』って、ますます強い願望が根づいた気がした。

「――ってことだから！　英二も集まってくれたお嬢さん方も、ここは一つこいつの股間以外の男を立ててると思って、一発大ヒット狙ったCM撮影に、快く協力してやってよ」

そして、そんな愛情いっぱいの珠莉さんのサポートを見せつけられると、ブーイングの嵐《あらし》だった美女軍団も、自然に微笑が浮かんできて……。

「もぅ、珠莉ちゃんにそこまで言われて頼まれたら、嫌って言えないじゃない」

「そうね〜。お仕事以外の私用では、無理やりドレスの仕立て直しとか、頼んでやってもらった恩もあるしね〜」

「それに、パリやミラノでもない、しかもメンズブランドのCMのために、これだけの顔触れがそろうなんて一生に一度もあるかないかだし」

「この私たちが華になってあげることで、英二を世界中の男が羨むような、男の中の男にするのも、悪くはないわよね♡」

この撮影に対しての、心からの協力と努力を、笑顔と言葉で約束してくれた。

「ただし、華は華でもこのメンツよ。相当な毒花だってことは覚悟なさい」

「そうそう。シャネル、ディオール、バレンティノ。グッチ、カルティエ、ハナエ・モリ。世界の舞台からお呼びのかかる私たちをこんなにそろえておいて、英二が従えきれずに埋没《まいぼつ》しようものなら、このCMはその時点でおしまいかもよ♡」

ただし、さすがに一人一人が世界の舞台を歩いているような、そうとうすごい一流のモデルさんだけあって、英二さんや企画者である皇一さんに対して、脅迫めいた言葉もバンバン・バンバン飛び交わった。

「それに英二。これだけは教えておいてあげる。あなた一度も組んだことがないから実感ないだろうけど、相良先生の〝駄目出し〟の多さは半端じゃないわよ。もはや伝説的なぐらいOKって言葉がなかなかでない人だからね」

「まぁ、短気な英二が一体どこまで先生の駄目出しと戦うのか、耐えられるのか、見物っちゃ見物だけどね♡」

まるで、これって本当に洋服のCMのための撮影なの？　なんか戦争でもおこすんじゃないの？ってぐらい、みんながみんなギラギラギラギラとした視線で、英二さんやお互いを、威嚇し合っていた。

「あ、噂をすれば影♡　相良先生が着いたみたいね」

「――――!!」

そして、撮影に対する気迫みたいなものが高まりきったところに、一台の真っ赤なポルシェが現場へと到着した。

運転席の扉が開くと、相良さんは撮影道具一式が詰まっているんだろう、大きなジュラルミンケースを手にし、車から降り立ちゆっくりとこちらに向かって歩き始めた。

『――――え!?　うそぉ』

僕は、本日何度目だろう驚きに、声さえ発することができなかった。

『すごい写真家だって言うから、てっきり年配の人なのかと思ってたのに。わっかーい！』

相良義之という天才カメラマンは、皇一さんとそう大して変わらないんじゃないの？　って言うような、意外に若い年頃の男の人だった。

しかも、遠目からだとちょっと無愛想な気はするけど、本人が被写体になってもおかしくないぐらい、長身で精悍《せいかん》な面構えをした〝ナイス・ガイ〟だ。

『………なんか、女の人も男の人も際立った容姿の人ばっかり。僕…、このままここに何時間かいたら、ビジュアル感覚がおかしくなっちゃいそう』

「相良先生、お待ちしてました！」

皇一さんはそう言って、出迎えるように自ら走り寄っていくと、何やら相良さんとその場で簡単な打ち合わせを始めていた。

そして、そんな皇一さんと相良さんの様子を英二さんがジッと眺めていると、

「ほら英二。お前も挨拶に行ってこい。相手は相良だ。撮影現場に一番最後に現れても、誰も文句なんか言えない、伝説のカメラマン様だ」

英二さんは珠莉さんによって背中を押され、チェッって舌打ちをしながらも、この場から一歩離れた。と同時に、周りを囲んでいた美女たちを一瞬にして見渡すと、

「お前ら、まさかその普段着で撮影に臨むわけじゃねぇんだろう？　向こうのテントで姉貴がスタンバってる。とっとと着替えてこい。こんな馬鹿騒ぎな撮影会は、さっさと始めて、さっさと終わらせるんだからよ」

本当にハーレムを一言で操《あやつ》ってしまうような、支配者的な言葉を吐きだすと、頭のカフィーアをなびかせながら、相良さんのもとへと歩いて行った。

そんな英二さんの後ろ姿を眺めながら、美女達は嬉しそうに（って言うより、やりがいがありそうね♡　…みたいな顔して）クスッと笑い合った。

特に、十人の中でも中心核にいた、もっとも背の高い日本人女性が、

「了解、ご主人様♡」

と言って英二さんに向かって投げキッスを飛ばすと、残りの人達もウィンクだの投げキッスだのを、離れていく英二さんにバンバン飛ばしていった。

まるで自分達と英二さんのこれまでの関係を、僕に対してほのめかすかのような、当てつけるような仕草だった。

「じゃ、着替えに行きましょうか」

「ＯＫーっ♡」

「じゃあね♡　珠莉ちゃん。せいぜい英二の撮影中は、代わりに子守をしてあげなさいよ♡」

しかも、最後の最後に「子守」まで言いやがって、僕は立ち去る美女たちの後ろ姿に向かって、

「悪かったな子供でっっっ!!」って、叫びたいのを必死に堪えた。

すると、そんな僕を見ながら珠莉さんが、吹き出すようにクスッって笑う。

「まぁまぁ、そうムキにならなくっても大丈夫だぜ。彼女達のうちの誰一人、お前から…あ…、いや、菜月ちゃんから英二のことを奪おうなんて、真剣に考えている奴はいないから」

そして、これって一応〝慰め〟の類いなんだろうか？　って思うようなことを僕に言った。

「…………え？」

「彼女達が一番大事なのは、どこまでも自分の地位であり名誉であり、また自尊心《じそん》ってやつだからな。負けるとわかっている勝負に対して、ムキになって挑《いど》むほど馬鹿な女達じゃない。しかも、それらのすべてを賭《か》けてまで、英二を自分のものにしたいかといったら、それほどの入れこみも最初から持ってない。だからこそ、自分達が一まとめにして〝早乙女ハーレム〟なんて呼ばれても、笑って寛容に聞き流してる連中だからさ」

「…………は、はぁ……」

「まぁ、だからこそ。共演に呼ばれたからって、おとなしく共演者としての役割を果たそうなんて思うような、可愛い女達じゃない。この撮影は、被写体同士の間でも、被写体と撮影者の間でも、壮絶な戦いになる」

「…………戦い？　写真を撮るだけなのに？」

「ああ。彼女達のお仕事っていうのはね、たった一枚の写真からでも、今後の運命が変わることがあるのさ。どこで誰が見るかわからない写真が、未来の仕事に繋がる繋がらないを決めてしまうことがある。特に、今回のようにカメラマンそのものにネームバリューがあると、当然注目度が変わってくるから」

「…………だから、戦いになるの？」

「そう。より美しい自分の姿を、写真の中に残すために。たとえ自分の姿が写真の中心になくても、彼女達は他の誰より美しく写るためだけに、精いっぱい自分自身を演出するんだ。そうして彼女達は、これまでのチャンスと現在のトップモデルと呼ばれる地位を掴んできた。と同時に、今後もそうあり続けるために、常にその姿勢を崩さない。だから、彼女たちが自ら宣言したとおり、この撮影はそんな努力を惜しまない彼女たちを制し、圧倒するだけの魅力が英二から引っ張りだされなければ、周りに食われて大失敗することになる。熱砂の獣どころか、絢爛豪華な十輪の食中花に食われて、哀《あわ》れな男に成り下がる」

「…………珠莉さん」

「全くそうやって考えると、皇一の英二贔屓には恐れ入るよ。相良にしても、女達にしても。これだけ豪勢なメンバーをそろえておいて、そこで主役を張りとおせって言うんだから。しかも、それが苦もなくできるって、頭っから信じて疑わない。万が一にも、英二が女達に食われるかもしれない…なんて、頭の片隅でも考えてないんだからさ」

そう言って珠莉さんは、なんとなくだけど僕に対して、この撮影の難しさというか、大変さというか、本当の意味での恐ろしさみたいなものを、簡単にだけど説明してくれた。

『そっか。ってことは皇一さんってば。あの場では英二さんに対して、最終目標を変えてどうのって言ってたけど。やっぱり最初から英二さんを今より世に出したい、一人のモデルさんとして、世界の舞台まで押し上げたい…っていう気持ちで、こんな企画を立てたんだろうな……』

数十メートル離れたところでは、相良さんを挟んで、英二さんと皇一さんが、何やら挨拶だか打ち合わせだかを入念《にゅうねん》にしていた。

珠莉さんは、そんな皇一さんをじっと見つめながら、なんだかやるせない笑みを浮かべていた。

まるで、皇一さんが抱く英二さんへの想いが純粋すぎて、これじゃあやきもちをやきたくても、やけないよな…って、顔をしてた。

「な、そう思わねぇ？　菜月ちゃん」

だから、せめて同じ立場にいる、僕に自分の気持ちを分かち合え…って、言ってるみたいに。

「…………珠莉さん」

けど、僕と珠莉さんがそれぞれの相手に対し、想いを馳《は》せているときだった。

「何が英二贔屓だよ。そんな贔屓なんかなくたって、はなから皇一兄貴に才能がありゃ、今ごろ英二は世界の舞台を歩いてるよ」

「――――!!」

僕たちは背後から急に言葉をかけられて、ビクッとしながら振り向いた。

「それこそ相良の写真なんか必要ないし、毒花をかき集める必要もない。英二は英二の魅力を生かしきれる最高の服に巡り会ってさえいれば、とっくにメンズ界のスーパーモデルになってるはずだ。もっとも、そうなったところで英二の性格じゃ、そう長くは続かないかもしれないけどさ」

と、そこにはなぜか、英二さんの二卵性双生児の弟である、早乙女雄二さんが立っていた。

「雄二！」

『雄二さん!?』

雄二さんは、双子のお兄さんである英二さんより、どちらかといえば長男の皇一さんのほうによく似ている人だった。

一卵性双生児で、見かけだけなら全く瓜二つ…っていう僕と葉月の双子ぶりからすると、なんだかとっても不思議な気のする双子なんだけど。まぁ、一卵性でも中身に関してはこれだけ差が出たりするんだから、二卵性ならなおのこと。双子とはいっても、他の兄弟と変わらないんだろうな…とは思うけど。

「ま、兄貴たちがこれから二人で足掻《あが》いたところで、どこまでやれるのか。関係のない俺としてはゆっくり高みの見物ってやつだから、せいぜい楽しませてもらうけどな」

でも、それにしても雄二さんの態度というか言葉遣いっていうのは、なんか妙にトゲトゲしいものがあった。

英二さんに対しても、皇一さんに対しても。

聞いててムカッってするような、小馬鹿にしたような。そんな口調が僕の眉を、自然と寄せて釣り上げていた。

「ふん。本当に関係ないと思っているなら、わざわざこんなところまで足運んでくるんじゃねぇよ。お前にはSOCIALのトップデザイナーとして、しこたまやらなきゃならねぇ仕事があんだろうが。サボリの口実に、皇一や英二をだしにしてるんじゃねぇよ」

でも、珠莉さんはムカッどころか、怒り全開フルパワーで雄二さんに歩み寄ると、頭ごなしに怒鳴りつけた。

「珠莉は、相変わらず口が減らない男だな。黙って服だけ作ってれば、十分観賞用として価値があるのに。皇一兄貴も、本当に変わり種が好きだよな」

雄二さんは顔色一つ変えなかった。

「ガキが！　年上の者に対しての、口の利き方ぐらい知らねぇのかよ！」

それどころか下手に雄二さんのほうが皇一さんに似ているものだから、なんだか珠莉さんはやりにくそうで。

「だったらその言葉は、そっくりそのまま珠莉に返してやるよ。一体お前は、社会人になって何年経つんだよ。たとえレオポンでは兄貴の右腕であり、チーフ・テーラーであっても。ＳＯＣＩＡＬという組織の中では、俺のほうが役職は上だ。上司に対しての口の利き方ぐらい、三十過ぎてもまだわからないのか！」

「テメェっっっ！　ちょっと人より売れるもん作ってるからって、態度デカイんだよ！　そういう可愛くない態度を取ってると、ＳＯＣＩＡＬのテーラー全員丸めこんで、俺はストを起こすぞ、ストを！」

「かまわないぜ、別に。なんなら今日からでも決行してくれて」

「何!?」

「そうでもしてくれないと、俺は休む暇もないからな。ただし、そうなって困るのはきっと珠莉の大好きな皇一兄貴達だろうけどな。どんなに頑張って英二とＣＭ作っても、売る服ができ上がらないんじゃ、話にもならないだろうからさ。お気の毒に」

「――――っっっ！」

しかも、どう頑張っても珠莉さんのほうが、雄二さんよりいろいろな意味で、立場が弱かったみたいだった。

雄二さんは珠莉さんをぐうの音も出ないぐらい言いくるめると、快勝の笑みを浮かべながら視線をスッと僕のほうへとずらしてきた。

『………僕には、何を言うつもりなんだろう!?』

僕の眉毛は、まだ釣り上がったままだった。

雄二さんはそんな僕の顔をジッと見ると、不意に目を細め、ポツッて小さく呟いた。

「……双子…か」

「――――え？」

「お前、たしか双子だろう？　しかも一卵性か？　五月のコレクションのときに、舞台の上からコピーかと思うような双生児を見かけた記憶がある」

なんか、当てが外れたっていうか、いきなり見当外れなことを聞かれて、僕は拍子抜けしてしまった。

「そっ…それが何？」

「お前さ、気味が悪いって思ったことはねぇの？　全く同じ器の人間が、この世の中にもう一人いるって」

「————え？」

「たまに自分が、本当に自分自身なのか。もしかしたら自分は自分じゃなくて、兄弟のほうかもしれないって、思ったことねぇ？」

外見は皇一さんによく似ているのに、やっぱり双子だからだろうか？

雄二さんの声質は別として、話し方とか目線の持って行き方とか、ふと英二さんをダブらせるものがあった。

「ええ!?　それって僕が葉月で、葉月が僕ってこと？　そんなこと思ったこともないよ。だって、葉月は葉月で、僕は僕だよ。いくら顔が一緒だからって、そんなこと考えもしないよ」

だから…というわけではないけど。僕は聞かれたことに対して、かなり素直に受け答えした。

「ふーん。じゃあよ、実はお前のほうがその相手の葉月だったのに、小さい頃に名前を呼ばれ間違えたことがきっかけで、そこからずっと入れ違ったまま育ってきた…って考えたらどうだ？　お前は実はお前じゃないのに、今のお前として育っているんだ。本当は葉月のほうなのに、別な人間として育ってたとしたら、どうする？」

「………え？　本当は僕が葉月なのに、菜月として育ったの？？？　じゃあ葉月が本当は菜月なのに、葉月として育ったってこと？？？？」

しかも、頭がわやわやになってしまうようなことを聞かれて答えさせられて、僕の釣り上がっていた眉毛は、悩みに悩んで八の字になっていた。

「え？　え？？　えーっっっ？　葉月が菜月で菜月が葉月？　あ、うそ！　絶対にそんなことないよ！　だって、すっごい小さい頃から葉月は頭よくって、僕は思いっきり馬鹿だったもん！　たとえ僕が誰かに何か言われてとっちがったとしても、絶対に葉月は自分が葉月だって理解できる能力があった！　うん！　だから、入れ替わることも、他人から間違われるなんてことも絶対にない……って…………あれ!?」

僕は、必死に考えて必死に答えた。

なのに雄二さんは、そのときには僕に背中を向けていて、スタスタと僕から離れて行ってた。

「雄二さん？」

雄二さんの後ろ姿から、爆笑を堪えて震えているのが、見ただけでもわかる。

僕は、『これって、これって一体？？？』って困惑しちゃって、珠莉さんのほうに振り向くと、縋るように答えを求めた。

「え？　これ…どういうこと？　どうして話の途中で、雄二さん行っちゃったの？」

すると珠莉さんは、苦笑しながら僕に、呆れたように言い放った。

「途中で気づけ。からかわれたんだよ、お前」

「────えっ！」

「あいつは、雄二はさ。昔っから双子の人間を見つけると、ああやって必ずからかうんだよ。自分が英二とは似てないから、そっくりな双子を見ると面白がって。今みたいにからかって、相手が真剣に悩むのを見て、内心バーカって舌を出すんだよ」

「なっ…なんだってっ!?」

俺だって笑いたいのを必死に堪えたぞ…って顔をしながら、今の雄二さんの態度を、詳しく解説してくれた。

「とはいえ、ここまで必死に悩んだ子っていうのも、俺は初めて見たけどね。あの雄二が呆れて舌を出す前に、吹き出して笑った顔を見せたっていうのは、多分これが初めてかもな。あいつ、普段は絶対に笑わない奴だから」

「────え？　絶対に笑わない!?」

「そ。見かけはゴージャスなくせしてさ、実は蓋を開ければ庶民的っていう英二と違って、雄二は根っからの高飛車なんだよ。まぁ、持って生まれた才能と、それを褒め称えた周囲がそうさせた…ってこともあるんだろうけどさ」

「…………才能と周囲が、そうさせた？」

僕は、サラリとそんな説明を口にしながら、「やれやれだろう？」って言い足した珠莉さんに、「なんか、でもそれってへんなんじゃないの？」って、心に引っかかったことを聞き返そうとした。

『人より飛び抜けた才能があるから高飛車な性格だ…までなら、なんとなくわかるけど。だから普段は絶対に笑わない…っていうのは、全然関係ないんじゃないのかな？』

うん。何がどう違うとか、関係あるとは、はっきりと説明がつかない。

けど、僕の中では珠莉さんの言葉に対し、〝なんかそれは違うよ！〟って、直感が走った。

「ねぇ珠莉さ…、あ！　待ってよ珠莉さん！　どこに行くの？　僕を一人にしないでよ！」

「馬鹿言ってろ！　俺は仕事にきてるんだ！　本気で子守なんかしてられるか！　その辺でいい子に見学してろ！」

「そんなこと言わないでよ！　邪魔しないようにしてるから！　僕こんな大変な撮影現場に、一人でいるのは心細いよ！　嫌だよっっっ！　お願い珠莉さんっ、捨てないでーっっっ！」

けど、結局そんなことを問い質《ただ》している暇はなく、僕は英二さんが撮影にかかっている間は一人になりたくないので、勝手に尊敬しちゃった珠莉さんの、金魚の糞《ふん》になることに決めた。

その場から立ち去る珠莉さんを必死に追いかけて、側にぴったりと張りついていた。

そしてそれから三十分後――――。
すべての支度が整って、なんだか思った以上にとんでもない企画らしい新作コレクション、〝熱砂の獣〟の撮影は、張り詰めた空気と緊張の中で、シャッター音が響き始めた。

5

ＣＭ──コマーシャル・メッセージ──。

普段人は何も気にせずに、また特別に何も考えずに、膨大《ぼうだい》な数のそれらの中で日々過ごしていたりする。

テレビで何気なく見聞きしているのや、雑誌や新聞、ラジオもろもろ。

宣伝されるものに至っても、商品であったり人間であったり、会社であったりイベントであったりと、実に様々なものがある。

中には口コミ…なんていう自然発生するものも、一つの立派なＣＭ効果と言えるだろう。

そうかといえば、ここ近年はパソコンの普及に伴い、インターネットでのＣＭ…なんていうのも大幅に増えてきているそうだ。

で、じゃあ今回英二さんが撮影するというＣＭって、具体的にはどういうものなの？　っていうと、それはＳＯＣＩＡＬが衣装提供《スポンサー》する秋の連続ドラマの間に流れる、テレビ用のＣＭと雑誌や広告で使う宣伝用なんだそうだ。

『テレビ！　テレビＣＭっっっ!!』

僕からすれば、突然降ってわいたようなこの撮影が、そんなに大それた企画のものだったの!?

ってビックリしちゃったんだけど。珠莉さんから聞き出してみると、それはそうではないらしい。実際に英二さんに伝えられたり、説得したりっていうのが最近だっただけで、皇一さんの頭の中では何年も前からこういう企画が構想されていて。下準備に下準備がされて。ようやくここまでに至ったものなんだそうだ。

なんせ、これまでのレオポンを含めるSOCIALブランドのCMというのは、あくまでもファッション・ショーと専門雑誌での紹介が主で、レオポンに限ってのみ、イメージモデルである英二さんが〝外に出るときには必ず着用〟することで、歩く広告塔の役割を果たしていたらしい。なので、すごい高級なブランドだし、華やかな世界なんだな…という印象の割には、以外に大衆的ではないらしい。

それこそ知るひとぞ知る。でも興味のない人には全くわからない。まるで英二さんに出会う前の僕みたいに、「SOCIAL…それ何?」っていう人は、決して少なくない…っていうのが実状で。テレビを通じてのコマーシャルがないというのは、それほど今どきの世の中では、人の記憶に残りにくいということなのだそうだ。

で、皇一さんは考えに考え抜いた結果、相良さんのOKをもらったことで勢いづき、どうせ撮影をするなら、このテレビCMという世界にもレオポン(SOCIAL)と英二さんを発表し、今よりもたしかな知名度を得るための、大冒険をするぞ! と私有財産を投じ、失敗でもしようものなら個人破産覚悟でこの企画に踏みきったんだそうだ。

破産だなんて、そんな大袈裟《おおげさ》な…って気もしないではないけど、それぐらいの覚悟がいるぐらい、CMを作る、CMをテレビで流すってことには、莫大《ばくだい》なお金がかかるらしい。

僕には全然、見当もつかないんだけどね。

『……でも、きっと皇一さんのことだから、そこまでしても〝世に出したいもの〟って、ブランド名なんかより、英二さんの存在そのものだったりするんだろうな』

珠莉さんは撮影の合間に、英二さんが芸能プロダクションからスカウトを受けまくったのは、中学から高校ぐらいのときがピークだったと教えてくれた。

一番、〝自分にだけデザイナーとしての才能がない〟ということに思い悩み、落ちこんだ時期に遊びぐせがついて、しょっちゅう渋谷をブラブラしていたんだそうだ。

それこそスカウトマンからもらった名刺で、かるた取りができるんじゃないか？　っていうぐらい、ブラリと歩けばスカウトされて、名刺を渡されていたんだそうだ。

でも、英二さんはそれだけの名刺をもらっても、全く芸能界には興味を示さなかったらしい。

周囲が不思議がるぐらい、もったいない…って口々に言うぐらい、自分が身を置きたい場所は家族の中に、ファッション界にあるんだ…って、想いや姿勢を崩さなくって。

一時は珠莉さんに向かって、「俺をＳＯＣＩＡＬで通用するだけのテーラーに育てろ」って、真剣に言ってきたこともあったぐらい。

ただ珠莉さんは、英二さんがテーラーという仕事に就《つ》きたいんではなくて、ただ単に家族の延長上で関わる仕事がしたいんだってわかっていたから、「教えるのはかまわないが、必ずものになるとは約束できない」「もしなれたとしても、それは遠い未来のことであって、今すぐお前の欲求を満たしてくれるものじゃないぞ」って、はっきりと言ったんだそうだ。

そして、「だったらいっそ、モデルにでもなってＳＯＣＩＡＬの舞台に立てばいいじゃないか」って。「お袋さんから譲り受けたルックスを生かして、お袋さんに直接指導を受けて、ＳＯＣＩＡＬの舞台に立てばいいんだよ」って。

けど、英二さんはどうしてか、「それは嫌だ」って言って、最初はつっぱね続けていたそうで。珠莉さんと同じような意見を言った人間は多かったみたいだけど、誰が理由を聞いても「性に合わない」の一点張りだったそうだ。

それがどうして、突然他社のオーディションなんか受ける気になったのか、その理由は誰も何も知らなくて。ただ、その時期に英二さんが自分の中で、多少なりにも〝心の切替え〟というか、〝心の整理〟みたいなものをしたってことだけは、誰が見ても明らかだったらしい。

そして、皇一さんが企画した〝レオポン〟のモデルを引き受けたところから、事業のほうにも参加するようになり、僕の知る英二さんは誕生した。

それから月日は流れて、英二さんはスカウトされたタレントさんというか、芸能人としてではなく、〝ＳＯＣＩＡＬのモデル〟として、テレビデビューを果たすことになる。

…………はずなんだけど。

「駄目だ。もう一度今のシーン…と言いたいところだが、太陽が沈み始めた。今日はここが限界だな。続きは明日だ。天気が崩れないように祈っておけ」

「―――――!!」

伝説的だと言われた相良さんの〝駄目出し〟は、たしかに想像を絶するものがあった。

それは、「駄目だ」を言われ続けた英二さんもさながら、それを見守り続けた皇一さんも珠莉さんも、ママも帝子さんも、そしてスタッフとしてその場にいる人達すべてが呆然としてしまうぐらい、本当に本当にすごかった。

『英二さん………』

最初は、それでも三十分から一時間に一回ぐらいは「ＯＫ」という言葉が出て、撮影もそれなりには順調のように見えていた。

珠莉さんの話によれば、相良さんというカメラマンは、本当に〝世に出すたった一枚の写真〟のために、何百回でも、何千回でも。それこそ何万回になろうとも、惜しみなくシャッターを切る人なのだという。

自分は〝生きた人間〟しか相手にしない。

だが、人間の魅力というものは、何より無限のものだ。

だから今この瞬間捕らえたものが〝絶対に最高だ〟と自分自身が確信する瞬間まで、相良さんはモデルさんと向かい合い、納得のいくまで撮り続けるのだという。

もちろんカメラマンさんによっては、そういう写真を撮ることに対して、モデルさんのテンションそのものが高まったり、オーラが漲ってきたりというのを待ち続け、シャッター・チャンスを捕らえる…という人もいる。

珠莉さんがいうには、むしろほとんどが〝そういうタイプ〟でも不思議はないと言っていた。

相良さんのやり方のほうが、「変わっているんだ…」と言う人も少なくはないらしい。

けど、それでも相良さんは、相手の出方を待つだけの撮影ではつまらないと言い、無駄になるとわかっていてもシャッターを切り続け、ひたすらにモデルと向かい合い、相手の変化を見続けるのだという。

自分がシャッターを切ることで、相手が高まってくるのを直接レンズを通して見続けることで、相手の魅力の最高値のようなものを直感し、「これだ」という一枚を写し出し、世に出すことで多くの人間の人生を、繁栄に導いてきたのだという。

だから、それを考えれば一時間に一度でも、相良さんの口から「ＯＫ」という言葉が出て、次のシーンに行けるということは、かなり珍しく、また素晴らしいことなのだそうだ。

ただ、〝熱砂の獣〟というコンセプトとストーリーにそったテレビＣＭ用の三十秒間のドラマは、実はＶＴＲではなく、一枚一枚の写真からおこした〝コマ送りのアニメーションスタイル〟で造るという企画もの。なので、それに対して必要とされる写真の枚数は、それなりの量を要することになる。

本当だったら一度の「ＯＫ」で、すべてが終わるはずなのに。英二さんに求められる「ＯＫ」の数は、これまでのモデルさんの中でも、おそらく最多数になるだろうと言われていた。

そしてそれは、必要とされる「ＯＫ」の数だけ、相良さんにとっても、英二さんにとっても、そして共演しているモデルさんやスタッフにとっても、過去にないほど〝過酷な撮影〟となるってことで……。

『……英二さん』

それを実証するかのように、英二さんは疲労困憊《ひろうこんぱい》を隠しきれずにいた。

「あ、英二くん。取りあえずこの場は打ち切るが、明日の太陽が昇って撮影に入るまでに、悪いがもう一度今回の撮影のコンセプトと絵コンテを頭に入れ直しておいてくれ。なぜ、そこそこ順調に進んでいた撮影が、突然〝同じシーン〟で駄目出しになっているのか、君が本当の意味でのコンセプトを理解すれば、その原因がわかるはずだ」

相良さんは、自分の命ともいえるカメラと、撮り終えた膨大なフイルムをジュラルミンケースにしまいながら、英二さんにサラリと言った。

「駄目出しの原因!?」

「ああ。俺が君にＯＫと言わない理由が、ここで求められている〝熱〟の意味が、自《おの》ずとわかるはずだからな。それが明日になってもわからない。俺に満足のいくものを撮らせないとなったときには、この話は根底からなしにしたほうがいいかもしれない」

「────‼」

そして、必要なことだけを英二さんに告げると、周りのスタッフに「お疲れ」とだけ言い残し、その場を一人あとにした。

「英二、めげちゃだめよ。こんな駄目出し、まだ全然いいほうなんだからね」

「そうよ英二。私なんか以前、たった一枚のポスター撮るのに、スタジオに二日も籠《こも》ったことがあるんだから」

「そうそう。半日の撮影で三カットのOKがもらえるなんて、ある意味奇跡なんだからね！」

「私達も足を引っ張らないようにするから、明日は残りをクリアしましょう」

英二さんを囲む女性達が、慰めるというよりは、励ましの言葉をかけていく。

けれど英二さんは、そんな女性に視線を向けることもなく、相良さんの後ろ姿を見えなくなるまで追っていた。

「………コンセプトに、原因に、求められる〝熱〟の意味ね」

言葉と同時に、重くて深い溜め息を吐く。

やるせないというか、腹立たしいというか。英二さんが噛み締めた唇には、説明のつかない憤《いきどお》りのようなものが、めいっぱいこめられているように感じられた。

「………英二」

皇一さんが、心配そうに声をかける。

「ふん。必要なものは頭に入れてきたつもりだったから、余分な荷物なんか持ってこなかったぜ。兄貴、予備があったら企画書と絵コンテをくれ。ホテルに戻ったら読み直す」

英二さんは近づいてきた皇一さんに手を伸ばすと、相良さんに言われたことを実行するために、企画書と絵コンテを要求した。

「あっ、ああ。なら、俺のをやる」

そしてそれを受け取ると、一人テントに戻り、着替えをすませて僕の側まで寄ってきた。

「菜月、わりぃな。これからホテルに移動になるんだけど、部屋を一つ余分に取るから。お前、今夜だけ一人で泊まれるか？」

一人で泊まれるか？

それは、「俺を一人にしろ」っていう、英二さんからのメッセージだった。

気持ち的には、自分のことだけで精いっぱいだ。他の誰も、何もかまってる余裕がない…って、言ってもおかしくないのに。

それこそ英二さんのがむしゃらな性格なら、ここで怒鳴り散らしたって、わめき散らしたって、それこそ怒りまくってセットの一つも壊したって、誰も何も思わないだろうに。

僕に向けられた英二さんの言葉は、それでも僕に「寂《さび》しくないか？」「大丈夫か？」って、労《いたわ》りと優しさがあふれていた。

「え？　僕!?　大丈夫だよ♡　もしものときには皇一さんや珠莉さんのところとか、ママや帝子さんのところで遊ばせてもらうから♡　英二さんは安心してお仕事してよ！」

僕にできることは、めいっぱい元気に振る舞うことだけだった。

気の利いた言葉も慰めの言葉も、それ以前にこんな英二さんに対してどうすればいいのかも、僕には何もわからなかったから。

何一つ、できそうになかったから。

だからせめて英二さんが一人きりの時間を、自分のことだけに没頭できるように。僕は僕への安心を、英二さんに与えてあげることしかできなかった。


太陽が西の空に沈んでいく時間、こうして一日目の撮影は終了した。


英二さんは撮影現場を離れ、予約してあったホテルに到着すると、僕をママ達に預け、一人で部屋に籠ってしまった。

夕食もルームサービスを送ったけど、手をつけているのかどうかはわからない。

確かめることもできない。

英二さんの部屋は、誰一人近づくこともできない〝開かずの間〟になってしまった。

僕は、何度となくみんなに「大丈夫だよ、あいつは心配しなくても」って言われながら、僕の存在のほうがみんなの心配材料にならないように、極力明るく振る舞った。

そして九時を過ぎる頃には、みんなそれぞれ自分が取っている部屋に戻り、明日の準備のためにも、今夜は早めの就寝を取ることにした。

けど、僕がみんなと別れて、追加して取ってもらった部屋へと一人で向かおうとしたときだった。

「菜月ちゃん、おいで」

やっぱり僕が一人で部屋に…っていうのは、なんとなく心配だったんだろうか？

皇一さんは珠莉さんと取っている、デラックス・ツインのお部屋に僕を呼ぶと、

「英二には内緒にしておくから、今夜はこの部屋で寝るといいよ」

そう言って僕に、ベッドの片方を空けてくれた。

なんか、しみじみ〝お兄ちゃん〟って感じの優しさが伝わってきた。

「あ、いえ大丈夫です。いつ気が変わって、英二さんが声をかけてくるかわからないし。ルームコールとかあったときに、出なかったら逆に心配かけちゃうから」

「菜月ちゃん……」

「それじゃあ、部屋に戻りますんで。皇一さん、珠莉さん、おやすみなさい」

けど、僕はそんな皇一さんに頭をペコリと下げると、その場から一人離れて英二さんが取ってくれた部屋へと向かった。

本当は、皇一さんたちのところに泊めてほしいな…っていう気持ちが、全くなかったといったら嘘になる。

なんせ僕は今日という日まで、一人で泊まる…なんて、したことないから。

生まれたときからいつも、同じ部屋には葉月が一緒だったし。英二さんのところに引っ越した日からだって、英二さんと一緒のベッドにしか、眠っていないから。

でも、気分転換とかしたいな…なんて思ったときに、英二さんがいつ僕のところにくるかわからないし。ルームコールはともかく、改めて買い直してもらった携帯電話にも、いつ連絡が入るかわからないから。

英二さんが「ここに泊まってろ」って言ったんだから、僕は生まれて初めての〝一人お泊まり〟を、きちんとクリアしようと思った。

『………あ、しまった』

なのに、僕の足はそう思いながらも、気がつくと目的地とは別な場所に向かっていた。

本当は二人で泊まるはずだった、ダブルの部屋の前に、現在の開かずの間にきてしまっていた。

扉一枚の向こうに、英二さんが籠っている部屋に。

『怒られちゃうかな？　でも、邪魔にならないようにしてれば、大丈夫だよね』

僕は、だからといって部屋の扉をノックしよう…とは思わなかった。

英二さんどうしてるかな？　大丈夫かな？　とは思ったけど、それを直接尋ねたいとか、顔が見たいとは思わなかった。

ただ、時間が時間だし、もう廊下を歩く人はほとんどいないから、ほんの少しならいいかな？って思って、その場に座りこんで膝を抱えた。

扉に背中をくっつけて、部屋の中にいる英二さんを、僕なりに感じ取っていた。

『熱砂の獣か………』

そして、今英二さんが思い悩んでいるだろう〝撮影のテーマ〟みたいなものを、僕も頭悪いなりに、一緒に考えてみた。

今日の撮影していた場面場面を、思い出してみた。

『撮影のシーンは、大きく分けて四つ――』

一つ目は、何不自由なく暮らしていたと思われる、財と世界の美女を従える砂漠の王が、あると き眠りの中に夢を見る…っていうまでのシーンだった。

その出だしは、はっきりいって僕が歯ぎしりしたくなっちゃうぐらい、目に涙が浮かんじゃうぐらい、美女・美女・美女・美女に囲まれた、ハーレム・キング な英二さんだった。

めっちゃカッコよかった。

言葉に出し尽くせないぐらい、不敵で大胆で艶《あで》やかで。

悪っぽい視線でニヤリとされただけで、僕なんかその場でパタンって倒れてしまいそうなぐらい、キング・オブ・キングなカッコよさだった。

そして二つ目は、ラフなレオポンの衣類を身に纏《まと》い、自由に砂漠を駆け抜ける獣〜オトコ〜の姿だった。でも、これは衣装が違うから後回しになった。

三つ目は、王の目覚めのシーンだった。

まるでうたた寝の狭間に見た夢に囚《とら》われたかのように、取り囲む美女の群れから立ち上がり、財や立場、美女のすべてを捨て去るように、王の衣装を自らはぎ取りながら、砂漠の中へと走り出していくシーンだった。

そして、〝駄目出し〟でストップしてしまったのは、ここのシーンだ。

目覚めて立ち上がるまでは、ＯＫが出ていた。

けれど、〝王の衣装をはぎ取りながら、砂漠の中へと走り出す〟というシーンで、相良さんの駄目出しは、それまでと打って変わって炸裂した。

英二さんは、走り出すシーンだけでも、延々と三時間以上もやり直しさせられた。

体力にはそうとう自信がありそうな英二さんの呼吸が、何度となくあがったほどだった。

十メートル程度の距離ではあったけど、絶え間なく何度も何度も走らされて。そのうえに「駄目だ」と言われるたびに、緊張感が高まって。

それでも限界がくれば、五分程度の休憩は何度か入ったけど。時間が経てば経つほど、英二さんの心や体が、追い詰められていくのが誰の目にも明らかだった。

このシーンにさえ「ＯＫ」が出れば、次は四つ目のシーンにいけるのに。

王が夢に見た〝熱砂の獣〟に同化していき、本当の意味での自由を手にし一笑する。そんなシーンで、フィナーレとなるはずなのに。

結局、今日は時間的な問題から、限界がきてストップしてしまった。

『でも、相良さんは休憩の合間に皇一さんと話をしていて、何度かぽつりと口にしていたよな。多分、自分が駄目だと言い続けるのは、ここのシーンだけだろうって。これさえクリアできれば、後回しにしたシーンや、これから取るシーンは、これほど駄目だとは言わずにすむだろうって。そして、カメラを持って微笑しながら、英二さんを見て……』

〝口ぐせだからつい駄目だと言ってしまうが、本当は「まだだ」と言うのが正しいんだろうな〟

そう言って、小さく微笑していた。

英二さんが頑張って何度もやり直しているこのシーンは、「駄目」なんじゃなくって、本当は「まだ」なんだって。

相良さんが撮りたいと思う、相良さんの中に思い描かれた〝熱砂の獣《英二さん》〟の姿は、まだまだこんなものではないだろう？　もっともっと、お前には表に出されていない〝何か〟が、体の中には残っているはずだろう!?　って。

そう思うから、相良さん本人も、ひたすらにシャッターを切り続けるんだって。

『……王がすべてを捨てて、自由を掴みに走り出す瞬間か……』

そこに求められるものが果たしてどんなものなのか、なんなのかは、僕にはさっぱりわからない。

ただ、ぼんやりとだけど『こういうことなのかな?』って思えるのは、そこはきっと、この短いドラマの中で一番英二さんの持つ魅力や、レオポンというブランドへの想いが、集約して表現されていなければならないってこと。

その瞬間にこそ、英二さんを〝熱砂の獣〟と呼ばせるだけの、〝熱さ〟が感じられなければいけないんだろう……ってこと。

『僕のことを抱き締める瞬間の英二さんは、特別なコンセプトなんかなくったって、ほっといても一番熱いと思うのにな……』

たとえここが日本ではなく、大陸のど真ん中に位置するような、炎天下の中の砂漠でも。きっと、僕には英二さんの腕のほうが、肉体のほうが、何倍も何十倍も、熱いと思う――。

『って、こんな恥ずかしいこと考えてる場合じゃないのにっ! なんだかな……もぉ』

僕は、部屋の中にいる英二さんのことだけを考えていると、胸がキュンってなった。

『……英二さん』

好き…大好きって思うだけで、胸が熱くなって、苦しくなった。

けど、それも繰り返しているうちに、いつのまにか眠たくなってきた。

思考が止まって、何も考えられなくなって。僕は結局、そのまま深い眠りに落ちていった。

「双子か――」

落ちた眠りの中で、僕は意識からはとても遠いところで、誰かの声を聞いた気がした。

深くて甘い、ふんわりとした匂いに包まれた気がした。

『誰？　英二さん？』

そうじゃない。

なんとなく似ているけど、これは違う。英二さんじゃない。

じゃあ、誰なんだろう？


「菜月――――！」

けど、そんな僕の意識を眠りから引き戻したのは、やっぱり大好きな英二さんの声だった。

「…ん？」

「お前、こんなところで眠りこみやがって、一晩ここで明かす気だったのか!?」

英二さんは驚いたような口調で僕に問いかけてくると、座りこんでいた僕をガバッって腕に抱き上げてくれた。

僕にかけられていたホテルの毛布が、一緒にふわりと持ち上がる。

『毛布？　英二さん…なわけないよね？』

やっぱり、誰かこんなところで眠りこんだ僕に、話しかけた人間がいるんだろうか？

無理やり起こすわけでもなければ、注意するでもなく。僕がここにいることを止めもせずに、ただそっと見守るように、毛布をかけていってくれた人が…………。

『…………誰なんだろう？』

なんて思っていると、英二さんは僕をベッドに座らせると、ちょっと頭ごなしに怒鳴ってきた。

「だから、人の話聞いてるのかお前は！」

「え？　あ？　ごめん！　何？　英二さん」

「何じゃねぇだろう！　いくら全館空調完備が行き届いてるホテルだっていったって、廊下で寝こむなんてことしたら風邪引くだろうが！」

「ごっ、ごめんなさいっ。そんなつもり全然なかったんだけど、気がついたらウトウトって……」

僕が言い訳する前に、ギュッって強く抱き締めてきた。

「……英二さん？」

それこそ頭からすっぽりと包みこまれちゃうぐらい、英二さんは僕のことを抱き締めてきた。

『英二さん…………』

どうしたんだろう？　っていう思いが、僕をひどく不安にさせた。

やっぱり、言われたとおりにしてなかったから、ピリピリしているところを、なおさら煽っちゃったのかな？

「お前な、ウトウトじゃねぇだろう。あんなところで眠りこんで、どっかの好きモンに拉致られたらどうするんだよ」

怒ってるのかな？　声が、なんだか詰まってる。

「……ごめんなさい」

「馬鹿、そんなに素直に何度も謝るな。サンキュウ…って、言い出しにくくなるだろう」

「――――え？」

違った。怒ってるんじゃない。

「心配…したんだろう？　俺のことを」

喜んでくれたんだ。感動…してくれてたんだ。

「英二さん………」

僕が英二さんのことを心配して、部屋の前から離れられなかったことも。

声もかけられないまま自己満足しちゃって、そのまま睡魔に囚われちゃったことも。

それら全部が、何にもできない僕の精いっぱいの愛情だってことも、みんなわかって、受け止めてくれたんだ。

「………菜月、ありがとな」

僕は、それだけで嬉しくなって、英二さんのことを抱き締め返した。

きつく、痛いぐらいきつく、力いっぱい抱き締め返した。

「英二さん…」

いつしか、鼓動《こどう》が一つになっていた。

普段なら、きっと一分も経たないうちにキスとかされて、あっという間に服とか脱がされちゃいそうなシチュエーションなのに。この場だけはどうしてか、抱き締め合ったままだった。

『すべてが、気持ちだけに集中しちゃってるのかな？』

けど僕は、これってそれだけ今夜の英二さんが、精神的に追い詰められているんだろうな…って、僕なりの解釈をした。

心と肉体の快感を同時に求めるより、きっと今あるすべての快感を心だけで求めて、受け止めたいんだろうな…って。

「なぁ、菜月。お前さ、ずっと撮影を見てたよな。お前の視点から見てて、撮影中の俺は、どういうふうに見えた？」

だからなのかはわからないけど、英二さんはしばらくすると、僕に昼間のことを聞いてきた。

「え？　どういうふうって、すごくカッコよかったよ♡　女の人がいっぱいなのは、正直いって悔しかったけど。でも、途中からは英二さんしか見ないようにしてたから、ひたすらカッコいいって、感動してた♡」

僕には、思ったままに答えることしか、できなかった。

「………じゃあ、もしお前が〝熱砂の獣〟っていうフレーズに対して、何かイメージするものがあったとしたら、それは今日の俺に感じられたものか？」

英二さんは、この部屋に閉じ籠もってから今まで考えても、まだ相良さんの要求がなんなのか、掴みきれずに滅入っていたんだろうな。

大した意見なんか出てこないのは承知してるだろうに、僕にこんな質問をするなんて。

「え？　僕のイメージ？」

「ああ。なんでもいいから、感じたことがあったら言ってみてくれ。どんなに見当違いな意見でもかまわねぇから」

「けっ…見当違いは失礼だよ。そりゃまぁたしかに、英二さんが相良さんに〝熱〟の意味をどうこう言われてたときには、単純に英二さんが一番熱いのは、やっぱりエッチしてるときかも…とかは思ったけど」

「………………あ？　エッチしてるときが一番熱いだ!?」

って、やっぱりこれって見当違いだった。

僕は僕なりに真剣に答えたつもりだったけど、全然話の焦点が一致してないみたいだった。

「うっ…うん。僕が知る中ではだけど、英二さん…やっぱりベッドの中が一番獣だもん。なんかこういう言い方は、はしたないかもしれないけど。ああ…すごく要求されてるって言うか、欲しいって…感じてもらってるっていうのが、英二さんの全身から伝わってくるから」

「俺の全身から？」

でも、馬鹿馬鹿しい会話になりつつあるかな…って思いながらも、僕は英二さんに聞かれ続けたたから、正直に思っていたことを答えていった。

「うん。だから、僕にとってはエッチしてるときが、太陽よりも熱砂よりも、一番英二さんが熱く見えるし感じられる瞬間だよ」

僕のこんな言葉が、英二さんの撮影には何一つ役に立たないのはわかっていたけど。

でも、英二さんが僕に熱くなってくれることが、欲してくれることが、僕にとってはすごく嬉しいことなんだよ…ってことは、伝えられるかな？　って思ったから。

「ふーん♡　なるほどね。そりゃどうもって感じだな。男としては本望《ほんもう》だ。で、菜月。そのお前から見た〝熱く見える俺〟ってやつは、駄目出しのシーンのときにはどうだった？」

「え？　どうって？」

「だから、ベッドで獣してるときみたいに、熱く見えたり感じたりしたかってことだよ。菜月の可愛いオチンチンが、ズキンとかするぐらいによ」

「や、やだ英二さん！　なんてこと言うの！　そんなわけないじゃん！　そんなふうに見えたら大変だよ、エッチしてるわけでもないのに！」

「――――――!?」

「第一、撮影中にそんなオーラが漂ってたら、僕だけじゃなくってみんながおかしくなっちゃうじゃんっ……て、どうしたの英二さん？　僕…、また変なこと言った？」

でも、そうは言っても、あまりに関係ない話をしすぎちゃったんだろうか？

英二さんは突然黙りこむと、僕から視線を逸らして、何かを考えているみたいだった。

「……英二さん？」

僕は心配になって、英二さんの顔を覗きこんだ。

「あん…そっか。そういう解釈もあるわけか」

「？？？？」

「菜月、すまねぇけど協力してくれねぇか？」

けど、視線はすぐに僕のもとへと戻された。

「は？」

ほんの一瞬の間に、何か良策か解決策でも思いついたんだろうか？

英二さんは口元だけでニヤリと笑うと、僕に対して協力を求めてきた。

「相良の言う〝熱〟の意味ってやつが、なんとなくだが掴めそうなんだ」

『……英二さん』

僕は、これまでのパターンからいって、英二さんの〝ニヤリ〟には、なんか引っかかるものを直感した。

「これは、菜月にしか頼めねぇことなんだ」

けど、ジッと見つめられて「菜月にしか頼めない」なんて言われたら、僕の思考に〝断る〟なんて文字は、チラリとも浮かばない。

「………も、もちろん！　僕でできることならなんでもするよ♡」

それどころか、僕にできることがあるなら、ならどんなことでも協力するよ！　たとえ火の中、水の中！　って勢いづいちゃって。

「で、どんな協力すればいいの!?」

笑顔で自分の役割を聞いてしまった…んだけど。

「サンキュ♡」

「――――!?」

それから三分も経たないうちに、僕は己の迂闊《うかつ》さに泣き叫ぶ羽目になった――――。


「いやぁぁっっっ！　ひどいよっ英二さんっっっ！　こんなのいやぁっっっ!!」

「いいから、お前は何も気にしねぇで俺の〝熱〟ってやつだけ感じてあえいでろ！」

「だってっっっ！　だって、見えちゃうよっ…あっんっっ……っん」

「俺が見るためにやってんだから気にすんな！　ほら、奥まで一気に突くぞ！　気になるんだったら目ぇつぶってろ！」

「――――ひゃっっっ！」

そう、英二さんが求めた〝僕にしかできない協力〟は、なんのことはない〝エッチの相手〟だった。ただ、それだけならこの僕が、今さら泣き叫んだり、嫌がったりなんてことはない。

僕がビックリしてというか、恥ずかしさの余りに泣き叫んだのは、それを部屋に設置されていたドレッサーの前でやられたからだ。

「あんっっ…やぁっっ…っ」

いきなり僕だけが服をはぎ取られたかと思ったら、抱き上げられて、運ばれて。

ドレッサーの前で下ろされたと同時に、けっこう大きめというか広い化粧台の部分に両手を付かされて。

そのまま後ろから――――されちゃったからだった。

「ひどいょぉ…ぁ…っんっっ」

これがどうして撮影のための協力になるんだか、僕には全く理解できなかった。

そりゃ英二さんが自分の中で、僕の言う〝一番熱い瞬間〟みたいなものを体感として再確認したいと言うなら、なんとなくだけどうなずける。

でも、だからってそれをどうしてこんな鏡の前で、しかもこんなカッコでされなきゃならないのかが、何がなんだかさっぱりという状態だった。

「いやっ…、やだぁっっっ」

どんなに目を伏せていても、きっとすごい姿が鏡に映し出されている…という事実が、僕の羞恥心をいたぶりまくった。

「菜月、ほら泣くな。いいからお前は俺とのセックスにだけ没頭してろ!」

考えるつもりなんかこれっぽっちもないのに、ついつい鏡に映し出される自分達の姿を想像してしまった。

「そんな…っ、無理っ…んっつぁっ！」

それどころか、怖いもの見たさと好奇心が入り交じって、僕は閉じた瞼を時折開き、見なくていいものをチラチラと覗き見してしまった。

「あっっ…、もうやっ…。もうここはやぁっ…英二さぁんっっ」

『何が「嫌」だ、僕の馬鹿っ！　全然嫌がってないじゃんよっっっ!!』

うん。僕が本当の意味で泣きたくなったのは、否、泣いてしまったのは、泣き叫ぶぐらい恥ずかしいのに、自分がいつも以上に興奮してしまっているのがわかってしまったからだった。

「いいから我慢しろ、菜月」

「んっっ…つぁっ」

英二さんのところにきてから、僕は日課と言えちゃうぐらい、英二さんの腕に抱かれている。呆れるぐらい、セックスっていう行為をしちゃってる。

だからこの行為そのものに、そろそろ慣れが生じているのはたしかなことだった。

英二さんが僕にする愛撫も、自分がそれを受けてどう感じるのかも、うっすらとだけど体だけではなくて、頭でも理解できてきた。

それがセックスへの余裕とまでは言わないけれど、最初の頃にくらべれば、そういっても不思議はないぐらいの落ち着きが、僕にも生まれてはいるだろう。

だから、それを突然破壊するようなことをされると、僕は新しい刺激にパニックを起こし、いままで以上に取り乱した。

「やっっ…英二さんっっ、やぁんっっっ」

そしてそのパニックは、少なからず僕に新たな興奮を呼び起こし、痺《しび》れるような快感となって、僕をよりいっそうの悦楽へと、突き堕としていった。

「可愛いな、菜月♡　お前、本当は興奮してんだろう。なんかいつもよりさらに締まって、俺をビンビンに感じてる気がするぞ」

「――――――!!」

なのに、僕がこんなに乱れているっていうのに、英二さんは熱くはなっていても、どこかいつもより冷静な気がした。

まるで鏡に映すことで、僕たちのセックスを分析《ぶんせき》しているみたいだった。

「なぁ、そうだろう。お前、目新しいことには正直に反応するタイプだからな」

「………っんっ違うよっ」

「言い訳すんなって。可愛いって言ってんだろう？　そんなに嫌がってばっかいねぇで、いっそお前もしっかりと見てみろ。どれだけお前が俺を欲しがった顔をして、よがり狂ってるか。んでもって俺がどれだけお前に欲情して、情けねぇ面して腰ふってんのかがバッチリとわかるからよ♡」

英二さんはそう言ってクスッと小さく笑うと、化粧台に両手を付いたまま、前の目に崩れ伏していた僕の上体を左腕で抱き起こした。

だけならまだしも、利き手を右足の太股のあたりに滑らしてくると、後ろからすくい上げるように僕の太股を持ち上げて、そのまま片方の足だけを化粧台に乗せさせた。

「――――っ！」

僕は、強制された姿にビックリしすぎて両目が開いた。

いやおうなしに、僕は僕の体の八割ぐらいが映し出されている、目の前の鏡を直視してしまった。

「っっ……っ」

そこには、泣き叫んでぐちゃぐちゃなのに、どこかエッチでいやらしい僕の顔が映っていた。

小さな胸の突起物は、これ以上堅くならないよ…っていうぐらい、キュッって締まっていて。

感じすぎて膨れ上がって、お腹のほうまで反り返っている僕自身からは、壊れた蛇口みたいに蜜が滴り、それでも感じ足りないって言ってるみたいに、ピクンピクンって震えていた。

そのうえ、無理やり開かれた両足の間からは、僕の蜜部に根深く差しこまれた英二さんが見えた。

着ていたシャツ一枚脱いでいない英二さんは、膨張《ぼうちょう》しきった自分自身だけをジーンズから晒《さら》し、僕の中へと埋めこんでいた。

「………っ…っ」

生々しすぎる現実の直視に、僕は頭に血が上って、目眩を起こした。

犯されているなら多少の救いもあるだろうけど、嫌がりながらも同意している、感じすぎている自分には、罪悪感しか起こらなくって。

「いやっ……っ」

すべてを否定するように瞼を閉じると、涙が溢れて頬を伝い、僕の胸元にパタパタと落ちた。

「泣くなよ、菜月」

けれど、そんな僕を英二さんは背後から優しく抱き締めた。

涙を拭い取るように、僕の頬にキスの雨を降らせると、苦笑混じりに囁いた。

「そりゃ実際、すげぇカッコしてるけどよ。これが気持ちいいって思えるんだから、終わってるのは俺も一緒だ」

『………英二さん？』

「いや、むしろ俺のほうがお前より、何倍も何十倍も始末に悪いぜ。多少の違いはあれど、同じ肉体を持ってるお前に、こんなに雄の本能を狂わされちまって。獣の域まで追いやられて、自分でも気づかねぇぐらい熱くさせられてるんだからよ」

英二さんの利き手が、言葉とともに僕の胸元をまさぐった。

「やっんっ…」

「こんなに発情した自分の面《つら》なんか、今日この瞬間まで、自分の目で見るまで知らなかったぜ」

張り詰めた突起物を爪弾《つまはじ》くように悪戯《いたずら》してから、腹部をたどって僕の芯を包みこむ。

それだけで僕は一瞬の高波に飲みこまれ、背筋をのけ反らせて快感に震えた。

イイ――――って、全身が嘘をつけずに応《こた》えていた。

「それこそ、たとえ過去に数えきれねぇほどのセックスをしてても、ここまでイッちまってる俺の顔を見た女は、誰一人いなかっただろうよ」

けど、これはいや。

本当にいやって、体も心も抵抗した。

「――――いやっ、そんなこと言わないで」

「ん？」

「英二さんは……、今は僕だけのものなの。いっぱい…いっぱいモテたのも相手がいたのもわかってる。でも、僕を抱きながら僕以外の人としたエッチのことなんか、思い出さないでっ…」

「………菜月」

「くらべないで、他の誰とも。たとえ僕が一番だって、褒められても喜ばれても。僕にはそれが光栄だって思えるだけの、それが自慢になっちゃうだけの、強さはまだ育ってないよ…。それだけで、いっぱいやきもちやいちゃうし、悔しくなっちゃうし、悲しくなっちゃうよ」

「――――！」

「僕は下手くそだけど。英二さんに言わせれば、まだまだまともに解凍されてないような大マグロだけど。それでも一生懸命なの。一生懸命、英二さんのこと受け止めたいって、気持ちよくしてあげたいって思って、頑張ってるのっ」

鏡に映った僕が、自分では見たこともないくらい弱々しく思えた。

決して気弱なほうではない。

どちらかと言えば、いつも何も考えてないだけ、言動は強気なほうだと自分でも思う。

「だから…だから…こんなときに、そんなこと言わないでっ……」

なのに、映し出された姿は呆れちゃうぐらい弱々しくて。こんな僕は僕じゃないよって、自分でも思ってしまいそうになる。

「そんな言葉で僕を褒めるなら、好きって…言ってくれるだけでいいよ」

やっぱり、これってハーレムのお姉さんたちの存在が、強烈すぎたからだろうか？

「黙って抱き締めてくれるだけで、十分だよ………」

それとも皇一さんと珠莉さんの関係と、英二さんと僕の関係が、あまりにもかけ離れていて。英二さんに対して何もできない自分が、今頃になって情けなくなっちゃったからだろうか？

「………菜月、悪かったよ。ごめんな、俺の言い方が悪くって。なんか、ここんとこの俺は、お前を泣かせてばっかりいるみてぇだな」

でも、なんだか崩れきってメソメソしちゃった僕に、英二さんは照れくさそうに呟いた。

背後から僕の感じる場所のすべてに触れて、抱き締めて、そしてより深く僕の中を突き上げると、

「好きだぜ…」

って言いながら、英二さんは僕の中で一度目に達した――――。

そしてその夜――――。

『でも、どう考えても今夜の英二さんはひどいよっっ！　やっぱりエッチすぎるよーっっっっ！』

って思うような〝ミラー・プレイ〟から、一体英二さんが撮影のために必要な〝何〟を掴んだのかは、結局僕には全然さっぱりわからなかった。

英二さんもそのことについては、特には説明してくれなかったし。僕もイクだけイッってしまったあとに、なんだか改まって聞く気にはなれなかったから。

ただ、わからなかったけど翌日の撮影の際には、昨日の駄目出しが一転して、最初の一時間ぐらいで問題のシーンに「ＯＫ」がもらえて、残りの撮影もまぁまぁ順調と言える結果になった。

なので僕は、これって終わりよければすべてよし…みたいなものなのかな？　と思って、夕べのエッチのことは責めないというか、自分からは蒸し返さないことを決めた。

6

「ＯＫ！　これで全部だ。ご苦労さん！」

最後のシーンで、相良さんの「ＯＫ」が出た瞬間、その場の緊張感はいっせいに解きほぐされた。

約二日に渡って行われた撮影のすべてが、多少は時間オーバーしたものの、予定内で終了できた。

場合によっては中止だろうか？　そんな心配があった分だけ、スタッフ達の安堵《あんど》も大きい。

ただし、だからと言って僕が、

「英二さんおめでとう♡　無事に終わってよかったね！」

なーんて言って抱きつけるような隙があったかっていえば、そんなのは全然なかった。

「英二ぃっ♡　あんたやっぱりすごいかも♡」

「相良センセのこんなにたくさんのＯＫなんか、私一度も聞いたことなかったわよ♡」

「おい、やめろって！　くっつくなよ！」

「もう、何よテレちゃって！　今夜はこのまま、本当にこのメンツのハーレムで、あんたにサービスしまくってあげたい気分よ♡」

「きゃー♡　それいいかもー♡　英二を囲んで盛大に酒池肉林ね♡」

なんせ、撮影が終了した途端に食中花みたいな美女の群れがいっせいに、英二さんを取り囲んでベタベタしまくって、ホッペにチュウとかしてたから。（そりゃ中にはお国柄の人もいるけど！）

揚げ句に、

「じゃあ、これから市内にいいお店でも見つけて、みんなで楽しい打ち上げの大パーティーしましょうねー♡」

「勝手に決めてんじゃねぇよ！」

「いいのよ英二！　あんたは主役なんだから、黙ってついてくれば！　いくら可愛い恋人がいるからって、私たちをないがしろにしてるんじゃないわよ！」

「そうそう♡　皇一センセだって、撮影のあとはあんたを自由にしてもいいって、最初の契約のときにおっしゃったんだから！」

「なんだと！」

「ってことだから、おチビちゃ〜ん。今夜だけは私たちに、英二を貸してちょうだいねん♡」

「帰るときには、しっかりケーキでもお土産《みやげ》持たせて、返すからねーん♡」

とか勝手に決められて、あぶれた僕はプツンって切れた。

『なっ、なんだよっっっ!!　何がチビちゃんだよ！　ケーキだよ！　僕だけ子ども扱いした揚げ句に、ベタベタベタベタしやがって！　英二さんは僕のものなのにっっっ!!』

とはいえ、さすがに二日目ともなると、やきもちやいてメソメソなんてことにはならなかった。

っていうより、僕があんなに恥ずかしい思いをしたから、英二さんの撮影がうまくいったんだぞ！

みたいな自信（？）が、ちょっぴりだけどあったから。

僕は、やっぱり入っていけない大人の群れというか、どんどん僕から放されていく英二さん達に向かって、思いっきりホッペタを膨らませた。

「ひどいよ英二さん！　いくら十人の美女が強引だからって、そんなの撮影のときみたいに全部振りきって、僕のところにきてくれたっていいじゃんよ！」

周りに誰もいないのをいいことに（っていうより、みんな後片づけで忙しいだけなんだけど）、声に出してボヤいて、愚痴ってジタバタとしてみた。

「だったら、すっ飛んでこさせるいい方法を、教えてやろうか？　双子ちゃん」

と、僕の背後から、いつかどこかで聞いた声で、耳に残る単語が響いた。

『――双子ちゃん？』

「相良先生！　これからいいもの撮らしてあげますよ！　そのカメラしまわないで、構えててください！」

この声、この口調、なんだか意味不明なことを叫んでるけど、深くて甘いふんわりとしたトワレの匂い。僕は、背後から声をかけてきたのが、そして僕の肩を掴んでいるのが、英二さんの弟の雄二さんだってすぐにピンときた。

そして、夕べの親切な人は、実はこの人だったんだ！　って、確信することができた。

だから振り向きざまに「夕べはどうもありがとうございました！」って、お礼を言おうと思った

んだけど、

「―――――――んっ!?」

その言葉はどうしてか、雄二さんの唇で塞がれてしまった。

『え？　何これ？』

一瞬。ううん、数秒経っても、僕はあまりのことに驚いて、固まったまま動けなくなっていた。

そんな僕の唇を、雄二さんの舌が、味わうようにペロリとなぞった。

『―――――キス！　キスされてるのぉ!?』

僕はようやくハッとして、雄二さんを突き飛ばそうとしたときだった。

「雄二っ、テメェ！」

何百回、何千回と耳にして、頭にこびりついてしまったシャッター音の中で、英二さんの怒声が一際高く響き渡った。

砂を蹴って真っ直ぐに僕達のほうに走ってくる姿は、まさに砂漠を走り抜ける獣のようだった。

雄二さんは、そんな英二さんの姿に口元だけでニヤリと笑うと、僕を放して殴りかかってきた英二さんのほうへと突き飛ばした。

「相良先生！　このお礼はいつか俺の依頼に、一つ返事で受けてくれることで返してくださいね！」

さらに意味不明な捨て台詞を残し、英二さんをまんまと躱《かわ》して、その場を走り去ってしまった。

「待て、雄二っ！」

英二さんの両腕は、突き飛ばされた僕を受け止めたことから、雄二さんを掴まえることも、殴り飛ばすこともできなかった。

消化することのできない怒りと嫉妬とジレンマに、僕の腕をギュッっと掴んだ。

「――――痛っ！」

腕の痛みは、英二さんの僕への想いであり、雄二さんに対する激怒でもあった。

「――――っ！　すまん、菜月！」

僕には、次々と起こる出来事に、目まぐるしすぎて本当に訳がわからなくなってしまった。

「大丈夫か？　驚いただろう。あの野郎、俺に対する嫌がらせに、よりによって菜月を使いやがって！　東京に戻ったら、取っ捕まえて絶対に目にもの見せてやるからな！」

「え…英二さんに対して、嫌がらせ？　今のが？」

「ああ。自慢じゃねぇが、俺と雄二はこの世で一番仲の悪い双子だからな」

「――――え!?」

「そんな顔して驚くなよ。双子だからって、お前と葉月みたいな関係の奴らばっかりとは、限らねぇってことだ。特に、俺達ぐらい質《たち》の違う兄弟だとな」

どうして雄二さんが、わざとこんなことをしたのか。

どうして英二さんが、自分達のことを世界で一番仲の悪い双子だなんて、質の違う兄弟だなんて、真顔で言いきるのか。

何をどうしたらこうなるのか、僕は困惑するばかりだった。

ただ、わかっていることがあるとすれば、雄二さんに直接声をかけられて写真を撮らされた相良さんにだけは、雄二さんの起こした行動の意味も、自分に対してかけられた言葉の意味も、ちゃんと通じているみたいだってことだった。

『……………英二さん』

相良さんはとっさにシャッターを切らされたカメラを握り締めると、僕達の側に寄ってきた。

「やれやれ。俺としたことが、こんな形で雄二くんに借りをつくることになるとはな。その借りでどんな仕事をやらされるのか、今からビクビクしてなきゃならないな」

英二さんに向かって「まいったな…」ってぼやくと、相良さんは今の行為が雄二さんからの「借り」になったことを認め、苦笑を向けてきた。

「――――借り？　これで雄二に？」

「ああ。どうやら彼は、俺がOKを出した君の〝獣としての熱〟が、完全な沸騰点《ふっとう》ではないことを、俺に言葉で説明するんではなく、直に見せて教えたかったらしい」

相良さんの口をついた〝まいったな〟が、実は悔しいと思いつつも、どこか嬉しいものなんだって、説明された。

「――――――え!?」

「今回の〝熱砂の獣〟のコンセプト。それは、己のもつすべてを引き換えても、〝欲しい〟と思うものを手に入れるための〝情熱〟だ。そしてレオポンというブランドは、その情熱のすべてを注いでも、手に入れるに十分な価値のものだと訴える。これが商品を売ることに対して組まれた、制作側のテーマだろう」

「ええ、まぁ」

「けれどこのCMに関しては、そこにたどり着くまでに、まず英二くんの魅力とキャラが前面にアピールされることが必要不可欠とされる。なぜなら、レオポンは商品でありながら君自身でもある。誰もが君の持つ魅力に惹かれ、その魅力が自分自身にも欲しいと思わせることができて、初めて商品に手が伸びるという寸法だからな。そういう意味では、皇一先生がどうして俺に写真の依頼をしたのかは、ありがたいぐらい納得がいく。自分の服より、まずモデルの存在をアピールしてくれ。君という人間の存在を、この機会にぜひ人々の記憶に焼きつけてくれ…というのは、俺にとっては光栄の一言だ」

相良さんは、ライバル会社の重役の息子だった。

最初はそんな肩書きから、英二さんに心底敬遠《けいえん》されたカメラマンだった。

「だが、だからこそ。このCMの中に課せられた君への期待と責任の比重は、とてつもなく大きなものだ。いや、君の存在がすべてと言っても過言じゃないだろう。特に、今あるもののすべてを捨ててでも得たいと思う欲求に動かされ、そして動きだす瞬間は。その情熱をどう表現し、また俺が捕らえるかということが、今回の一番の難関であり、最大の売りでもあった。だから、俺も昨日は、あれだけの駄目出しをした。君にコンセプトの意味をもう一度再認識してこいと、宿題も出した」

けれど、その仕事ぶりと自分の作品にかける情熱を知ったときから、英二さんの頭の中に、相良さんへの敬遠の文字は、すっかりと消え去っていたみたいだった。

「そして君はその答えに対して、欲望むき出しの瞳を以《も》って、今日の撮影に挑んできた。見ているものがゾクリと性感を揺さぶられるような、そんな熱い雄の部分を全開にして。俺に夢中でシャッターを切らせた。これならいけると、俺は思った。けれど、雄一くんが仕かけて俺に見せてきた君の姿は、もう一つの雄の本能だった」

「……………もう一つの、雄の本能？」

「ああ。ときとして欲望よりも熱いだろう激情。それは決して他人に侵入を許さない、己のテリトリーにあるものを守るためにのみ現れる最大の攻撃性だ。これは君に限らず、おそらくすべての男の中に眠る、もっとも原始的かつ、獣的な雄の本能だろう。愛情だけではない、欲情だけでもない。それらすべてを含めて生きていく上で、己の生きる場所と決めたものに対し、外敵の侵入はすべて駆除する。時に威嚇し、牙をむき出し、場合によっては、戦いを挑むという姿がな――」

「…………………」

多分、だからこそなんだろう。

英二さんが相良さんの説明を黙って聞き続け、なおかつ黙って説得されてしまったのは。

「まぁ、実際に現像してみて、このツー・パターンを比較してみなければ…と思うところはあるが、俺の勘ではまず、今のこの写真になるだろう。やっぱり、ただひやかしにきたように見えてもSOCIALのトップデザイナーはひと味違うな。レオポンのコンセプトも、英二くんの本当の魅力も、すべてを理解したうえで俺のOKに対して否定し、その意味を教え、そして納得させてまんまと貸しを作って、あっという間に消えてしまった」

ただ、それだけに相良さんの口から評価される〝雄二さんへの称賛〟は、英二さんに無言で奥歯を噛み締めさせた。

『…………英二さん』

僕は、初めて英二さん以外の人に触れられてしまった唇に手を合わせると、人目から隠すようにして、ギリリと噛み締めてしまった。

「正直、だしに使われてしまったこの子には可哀相だが、この写真を現像して見せてあげれば、きっと今受けた衝撃も喜びと感動に変わるだろうよ。英二くんにとって自分が絶対の存在であり、すべてを捨ててでも守るべく、テリトリーそのものなのだということが、一目でわかるからね」

『…………僕が、英二さんのテリトリーそのもの』

うん、もしそうだとしたら、たしかにそれは嬉しいことだよ。

大感動だよ。

キス一つを差し出すぐらいじゃ、もしかしたら一生わからなかった、見ることができなかった英二さんの僕への想いが、写し出されているんだろうから。

『僕が、英二さんの……』

けど、それがどんなに素晴らしい写真であっても、これから先にどんな感動を僕に与えてくれても、今の僕を救ってくれるものじゃなかった。

僕が英二さん以外の人に、キスをされてしまったんだ…っていう事実を、消してくれるものじゃなかった——。

「なんにせよ、君とレオポンにとっては、最高の一枚が撮れたはずだ。俺の勘が正しければ、この一枚は間違いなく、君の運命を変える一枚になる。なんせ、こんなに俺を興奮させたんだからな！」

『……相良さん』

僕は、できることなら今すぐこの場で、唇が切れるぐらい擦って拭って、事実を拭き取ってしまいたかった。

でも、相良さんの自信に満ち足りた力強い言葉の前には、なんだかそれをするのも失礼な気がして、僕はうつむくことしかできなかった。

「……菜月ちゃん」

誰もが欲したはずの相良さんの〝成功の予言〟。

本当だったら、きっと誰もがそれを耳にした段階で、万歳三唱とかしたいぐらい、喜ばしいことなんだ。

英二さん本人も、側に立ち尽くしていた皇一さんも、珠莉さんも。ママも帝子さんもモデルさん達も、他のスタッフも、誰もかもが――――。

『だめだ！　僕がうつむいてたら、せっかくいい写真が撮れたって言ってるのに、誰も喜べない。みんな一生懸命頑張って相良さんの一言を待っていたはずなのに。これじゃあ、意味ないよ！』

僕は、余りに周りの空気が重くなってしまったので、ためこんでいた息を飲みこみ、しっかりと顔を上げた。

「相良先生、今のお話って本当ですか？　英二さんの写真、そんなにバッチリ撮れたんですか!?　僕、よかったらその記念の一枚、焼き回ししてほしいな♡　一生大切にしますから、だしになったご褒美にいただけませんか？」

そして目いっぱい明るい声で、明るい笑顔で、相良さんにおねだりをした。

「あ、ああいいよ。俺が直々に引き伸ばして、君の部屋に飾れるようにプレゼントしてあげるよ」

相良さんは、ニッコリ笑って僕の話に合わせてくれた。

「やったー♡　ありがとうございます♡　せっかくだから、先生のサインも付けておいてくださいね♡　あとから英二さんにもサインしてもらったら、将来プレミアついちゃうかもしれないから♡」

「なんだお前、ポヤンとして見えて、以外にちゃっかりしてんだな♡」

そして、珠莉さんも何気なく察してくれて、わざと僕に絡むように、頭を小突いてきた。

「へへ、まぁね♡」

結局、その場はみんなで気を遣い合う形になっちゃったけど、どうにか沈んだ空気は元に戻って、僕の努力は無駄にはならなかった。

そのあとは、いったん手が止まってしまった後片づけも再開して、日が暮れるまでにはすっかりテントもセットも片づけ終わって、夕食には簡単な打ち上げパーティーが行われた。

スタッフさん達の中でも、車できた人達は、その日のうちに東京に戻っていった。

飛行機できた人達は、結局もう一晩お泊まりして、明日の朝一で東京に戻ることになった。

僕は翌日に学校があったけど、一日だけ休むって届け出してあったから、英二さんともう一泊、ホテルにお泊まりすることになった♡

しかも、もしかしてこれって、雄二さんの一件へのお詫《わ》びなのかな？　皇一さん、大奮発《ふんぱつ》してくれるのは嬉しいけど、こんなに頑張っちゃって予算大丈夫？　とか心配しちゃいそうな、プレジデンシャル・スイートに♡

「うわー、すっごーい♡　めっちゃゴージャスーっっっ♡　しかもなんだかコーディネイトや家具がアラビア調で、なんか砂漠の王宮に迷いこんだみたい♡」

けど、そんなデラックスなお部屋に泊まれることより何より、僕が一番ビックリというか歓喜しちゃったのは、順番にお風呂に入って、あとから英二さんが出てきたときだった。

「ジャーン！　どおよ、アラブの王…再びだぜ♡」

「どっ、どうしたの英二さん、そのカッコは！　なんで湯上がりに撮影用の衣装なんか着てるの？　しかもフルセットで!!」

そう、英二さんは僕を先にお風呂に入れて、先に寝室で待つように指示すると、あとから自分が入って出てきたときには王様衣装を身に纏って、僕の前にジャーン！　とか言って現れたんだ。

一糸纏わぬすっぽんぽん姿でベッドに潜りこんでいた僕は、そんな事実さえ忘れ、思わず上体を起こして側に寄ってくる英二さんをマジマジと見てしまった。

「どうしたのって、撮影が終わって使わなくなったから、お前のために俺が譲り受けといたんだよ。なんかえらく気に入ってたみたいだからよ。この前裸エプロンさせたお返しに、今夜は俺が王様プレイしてやろうと思ってよ♡」

とんでもないことを言ってるのに、英二さんが僕に向ける微笑は、憎らしいぐらいカッコよかった。

「おっ……王様プレイって、なんか夕べより怪しいんじゃないの？　その言い方は!?」

そうじゃなくても、この華美で綺羅な空間だけでも、王宮の寝室を錯覚させるに十分なのに。そのうえ本当に王子様（……っていうより、やっぱり王様かな？）まで現れちゃったら、

『僕は、僕はやっぱり、奴隷なんだろうか？？？』

って、一度は自分でも考えちゃった〝王様と奴隷ごっこ〟を、改めて妄想してしまった。

〝ほら菜月。ご主人様、どうか今夜は僕をとことん可愛がってくださいと言って、俺の足元に四つ

ん這いになるんだよ！〃
〃いやーんっっっ〃
〃いやーんじゃねぇんだよ！　俺は王様でお前は奴隷なんだよ！　さっさと自分からケツを突き出して、どうか僕のココを気持ちよくしてくださいと、可愛い口調で懇願《こんがん》しやがれ！〃
〃ひどいよ、英二さぁんっっっ〃
〃そう言いながらも、感じてんじゃねぇよ！　ほら言うとおりにしろ！〃
僕の妄想も、そうとう腐ってきたんじゃ……みたいな会話と光景が頭に渦巻き、僕は顔が引きつった。
『…………こっ…怖いっ』
けどその反面、ビビりながらも僕の下半身は、新たな刺激を受けて〃ズキン♡〃ってした。
思わず布団の上から両手で押さえ、布団の中では両足を閉じてしまった。
『どっかに期待がある僕が、英二さんのカッ飛んだゴッコ遊びより、今は一番怖いかもっっ』
マズイよヤバイよと思えば思うほど、引いた血の気が全部下半身に集まっていく。
なのに、そんな僕の肉体事情を知ってか知らずか、英二さんはベッドの側まで歩いてくると、ニヤリと笑って手を伸ばし、僕の顎をガッチリ捕らえて引き寄せた。
そして、身を焦がすような熱いまなざしを真っ直ぐに向けてくると、
「お前のためだけに、この砂の海を超えてきたんだぜ――」

「――――――!!」

「…だったっけか？　お前の王子様の台詞はよ♡」

僕の唇に気障《きざ》な台詞を呟いた唇を合わせ、二人の呼吸を、一時だけ止めてしまった。

『英二さん――――』

唇に唇を合わせるだけの、柔らかなキス。

視線を絡ませたまま互いの鼓動をかすかに感じ合い、僕達が今一緒にいて、同じときを分かち合っているんだって、感じるだけの静かなキス。

もしも呼吸なんかしなくても、人が生きていられるというなら、このまま永遠にこうして触れ合えたら、どれほど幸せだろうと感じさせる。

優しくって、温かくって、うっとりとする。

「………んっ…はぁ」

けれど、その夢心地のような一時は、すぐに限界がきてしまう。

僕が息を止めた苦しさから、少しだけ唇を震わせると、英二さんは自分から唇を離し、僕に一呼吸吐かせた。

顎を掴んでいた手のひらが、肌を伝って頬を撫でる。

今夜の英二さんは、極上に甘くて優しい――――。

「夕べは、役作りのためとはいえ、エライ目に遭わせしちまったからな。今夜はお前の好きなようにしてやるよ」

「…………えっ、え？」

「どうやって愛してほしいか、思うがままに言ってみな。今夜はお前がご主人様の、二人だけのアラビアン・ナイトだ」

「は？　ぼっ、僕がご主人様？」

しかも、そうとう気合いが入ってイッちゃってる！

「ああ…、たまにはいいだろう。俺をかしずかせて女王様するのもよ♡」

「じょっ…女王様!?」

「砂漠の王を跪かせる気分なんか、そうそう味わえるもんじゃねぇぞ♡　なぁ、ご主人様♡」

英二さんは、そう言いながら僕の頬から手を放すと、僕がかけていた布団をいきなりガバッっとはいだ。

そして、胸元に飾られた豪華なネックレスを外し、王様衣装を翻《ひるがえ》しながらベッドへと上がってくると、英二さんは恥ずかしさに身を縮めた僕の前に片膝を立てて座りこみ、自らアガールごとカフィーアを取り外すと、そのまま無造作に放り投げた。

「―――――！」

白い布に銀の輪が絡み、埋めこまれたエメラルドが柔らかな照明を浴びて、キラリと光った。

現れた生乾きの髪が、動作に煽られパラリと前に落ちてきた。

少し長めの乱れ髪が、刺すように鋭くて熱いまなざしが、僕の全身に震えが走るような、艶やかさを醸《かも》し出していた。

僕はこの一瞬で、英二さんが僕に対して演出してくれただろう〝二人きりのアラビアンナイト〟という架空《かくう》の世界に、問答無用で堕とされた――――。

「つっっ!?」

しかも熱砂の獣、砂漠の王は、不敵な笑みを浮かべるとそのまま頭《こうべ》を前にたれ、僕の足元というか爪先に、まるで忠誠でも誓うように唇を押し当ててきた。

「………なっ…ぁっ…英二さん?」

足の指先に、濡れた舌が這う――――。

英二さんは両手で僕の右足を引き寄せると、爪先から足首のあたりまでを、丹念《たんねん》に丹念に愛撫してきた。

「何してるの英二さんっっ」

僕は、その行為に〝くすぐったい〟と感じるより、ゾクリと背筋を撫ぶられた。

「やっぱ、女王様への入りは〝足をお嘗め!〟からかと思ってよ♡」

それは、英二さんの唐突すぎる行為のせいばかりじゃない。

今の今まで、こんなところにこんなこと、されたことなんか一度もなかった。だから、わからなかったのかもしれないけど。英二さんをかしずかせて受ける愛撫は、僕に妖しい快感のようなもの

を、生み出していた。

『こんなのが癖になったら、僕は〝自分が怖い〟の域じゃすまされなくなっちゃうんじゃないの？』

覚えのない快感が、僕の心身を怯えさせる。

英二さんの愛撫から逃れようとして、僕は足を引っこめる。

「ばっ…馬鹿なこと言わないでよっっ！　止めてよっ！　なんか…汚いじゃんっっ」

けれど、ガッチリと掴まれた足は、逃れるどころか逆に引っ張られた。

「――――っ！」

僕はその勢いのままベッドに転がされると、両足を開かれ、英二さんの前にあられもない姿を晒された。

ほんのわずかな間だけ、女王様扱いされていた僕は、ここからはやっぱり奴隷で下僕だ。

僕を見下ろす英二さんの目が、見上げるときより生き生きしている。

かしずく英二さんの姿はコスプレ作用も手伝って、なんだか妖しくってゾクリとした。けど、支配する側に一変した英二さんの姿は、ゾクリなんてもんじゃない。

それこそ圧倒的な雄の力のようなものを放って、僕を骨抜きにしてしまう。

「何が汚ねぇんだよ。俺は菜月の体なら、嘗められねぇ場所なんか一カ所だってありゃしねぇよ。毎日毎日、もっとすげぇところに舌を這いずり回してんだろう？」

僕は、転がされてフルオープンになってしまった肉体を、反射的に両手で隠そうとした。けど、その手はいとも簡単に弾かれ、形を作り始めた芯をキュッと握り締められた。

「……………やっ…っっ！」

「たとえば菜月の可愛いオチンチンとか、飴《あめ》玉みたいな陰嚢《たま》っころとか、その奥にあるちっちぇえちっちぇえ、名器な窄みとかよ――――」

英二さんは、言葉と同時に僕自身をしごき始めると、もう片方の手をお尻の下へ潜りこませてきた。長い人差し指で蜜部を探りだすと、軽くノックしてからズブリと侵入してくる。

「やぁっ………………つんっ！」

僕は双方を同時に攻められると、抵抗する間もなく上体をくねらせ、与えられた快感に喘いだ。

「おっと、これだけじゃ足りなかったな。欲張りな菜月は、ここも一緒にいじってやらねぇと…」

しかも、英二さんは僕を前後から同時に攻めながらも、狭間で堅くなってコロンってしている陰嚢に唇を近づけると、まるで飴玉を転がすように、その部分も嘗めしゃぶってきた。

「やっ…だめっ…だめだよっ！」

僕は、一度に三カ所も攻め立てられると、あとからあとからわき起こる快感から、すぐに下肢に力が入らなくなった。

「あっ…つあっ、つあんっ！」

上体ばかりをジタバタと左右に揺らし、握られた僕自身からは快感の証しを、トロリとした蜜を、勢いよく溢れさせた。

「────んっっ！」

英二さんは僕自身を自在に操り、ピュッピュッって、わざと僕の蜜を僕のお腹から胸のほうへと飛ばした。溢れた蜜に指先を這わせると、まるでクリームでも塗り広げるように撫でつけられて、濡れた指先で突起物をクリクリって撫でられる。

「英二さんっ、やだよっ…っ」

ビリッとした快感が走るたびに、僕は僕の中に入りこんでいる英二さんの指を、キュッキュッって締めつけて、絡みついていくのが実感できた。

「これが嫌なら、どんなのがいいんだよ。リクエストがねぇからついつい勝手にサービスしちまうんだぜ♡」

「────あっっん！」

奥の奥を探られて、襞の狭間を軽く引っかかれて。僕はその気持ちよさから両手でシーツを握り締め、全身を捩《よじ》らせ身悶《もだ》えた。

「ここが、感じるんだろう？　指が千切れそうなぐらい締まってくる」

英二さんはそう言って笑うと、乳首を弄んでいた手で、突然僕の利き手を引っ掴んだ。

そしてその手を引っ張ると、僕に衣装の上からでもはっきりとわかる、英二さんの熱くたけり狂った雄の部分を、しっかりと確認させた。

「お前のコレを感じると、俺のココはもう吠えまくりよ」

僕の手のひらに、熱くなって脈打った、英二さんの欲求が伝わってくる。

それを感じさせられるだけで、僕は自身が熱くなり、指に絡みついた内壁は、今にもとろけそうだった。

「わかるか菜月？　俺の中に流れてる、血の一滴までがお前のことを欲しがるんだ」

「……うん。嬉しい。僕も…僕も同じだよ」

欲しい——この熱が、英二さんがすごく欲しい。

羞恥心さえ粉々になって、僕は衣装の上から英二さん自身を握り締めた。

英二さんの手に誘導されなくても、これが欲しいよ、入れて…ってねだるみたいに、衣装の上から握り締めて、軽く擦って催促《さいそく》した。

「寝ても覚めても英二さんばっかり欲しがるの。他に何もいらないの。僕の心も僕の体も、何もかもが英二さんのこと欲しがるの——」

英二さんは、そんな僕を見ると、ちょっとはにかむように口元で笑った。

そしていったん僕の中から指を抜いて、身に纏っていた衣装を脱ぎ去って、僕と同じ生まれたまんまの姿で、僕のことを抱き締め直した。

素肌と素肌が吸い寄せ合って、どうして僕たちの体は二つなんだろう？　って思うぐらい、ピッタリと合わされて一つになった。

「入れて……。僕の中を、僕のすべてを、英二さんでいっぱいにして……」

僕は自分からも体を開くと、はち切れんばかりに勃起し、熱塊となった英二さん自身を、僕の中へと誘いこんだ。

「英二さんが、英二さんだけが欲しいの」

窄みを探られるのも、もどかしい。

一気に深々と突き刺してほしい。

僕の蜜部は、これまでにないほど貪欲に英二さんを欲しがった。

「好き…大好き……っ。英二さんだけが好き。英二さんじゃなきゃだめっ」

「…………菜月っ」

それを満たされた瞬間、僕は悲鳴が上がるほどの快感に全身をのけ反らせると、英二さんの体に両腕を絡ませ、力の限り抱き締めた。

「――――っっぁんっ！」

「菜月っ…っ」

人が真に獣に、生還《かえ》る一瞬なのかもしれない――――。

英二さんの熱と欲の塊は、僕を引きさかんばかりに激しく抽送《ちゅうそう》を繰り返した。

「英二さんっ…っ…」

唇が唇を覆いながら、僕らは互いの名前を何度も何度も呼び合った。

キスの間に、呼吸の間に。悦楽の間に、至福の間に。

そのたびに、互いが互いに確信し合う。

こんなに誰かを好きになったことなんかない。

こんなに誰かを、激しく求めたこともない。

出会ってから時間が経つにつれ、膨れ上がっていくばかりの想いと欲望。

そして、一体感。

「ぁっ…っ…っイク…っあんっ…イッちゃっう」

だから僕は、何度も何度も繰り返す。

「英二さんも、英二さんも……っっっ……っ」

「菜月っ…っ」

英二さんが好き。英二さんが大好き。英二さんがいなくちゃ死んじゃう。

「んっ…っ、英二さぁ…んっ…ん」

だって、だってきっと、僕は英二さんのためだけに生まれてきたと思うから。

英二さんの側に、英二さんの隣に、英二さんと一緒にいるためだけに、生まれてきたんだと思えるから。

「英二っ…っ――――!!」

その夜、欲望は限りなくても、肉体に限界はやってきた。

僕は何度目かの絶頂を迎えたあとに、英二さんの腕の中で、意識がプツリと途ぎれてしまった。

大好きな人の腕の中に崩れ落ちて、満たされすぎた欲求の果てに眠りに入る。

きっと、今夜は世界で一番僕が幸せなんじゃないのかな？　なんて、飽きもせずに今夜も思った。

けど、ちょっとだけいつもと違うのは、今夜の英二が、僕と同じことを思ってくれなかったことだった。

「………ごめんな菜月、俺のために」

英二さんは僕の唇を優しく指でなぞりながら、僕の存在が、僕の唇が、自分の仕事に利用されてしまったことに、ひどく心を痛めていたことだった。

「いや、俺達のために――」

小声ながらも吐き捨てるように呟いた英二さんの言葉が、おぼろげながらに僕の耳に、心に深く残った。そしてその呟きは、なんだか夕べうたた寝をしているときに耳にした、雄二さんのものに似ている気がして。

〝双子か――〟

僕は、英二さんと雄二さんって？　って、今まで考えたこともないような想いに囚われると、双子という存在を改めて見つめ直す、きっかけになるのかな？　なんて思った。

「菜月………」

けどその前に、僕は僕を抱き締めながら、なんとなく凹んじゃってる英二さんが気になって、目を開けるとニッコリと笑ってみせた。

「僕…もう何も気にしてないよ」

「――――菜月!? 起きてたのか?」

「今目が覚めたの。英二さんが、菜月菜月って、僕の名前ばっかり呼ぶから」

「…あ。すまん」

自分から、広くて逞しい英二さんの胸元に顔を埋めると、わざとらしいぐらい甘えてみせる。

「ううん、いいんだよ。名前呼んでもらうの嬉しいもん。特に英二さんに呼ばれると、いっぱい求められてるじゃん♡ って気がするし。英二さんが呼ぶ菜月…って響き、優しくって大好きだから」

元気だしてよ。そんな顔も声も、英二さんには似合わないよ。

そりゃ、見るからに俺様なのに、実はナイーブなのはわかってるけど…って、僕なりの言葉で英二さんに伝えてみる。

「そっ、そうか?」

「うん♡ すぐに怒るから、怖いときも多いけどね」

「悪かったなっ、すぐに怒ってっ」

すると英二さんは、この野郎って! って怒ったふりをしながらも、僕のことをギュッって抱き締めてきた。

「ほらほら、やっぱりそうやって、すぐに怒るじゃん！」

「揚げ足とってんじゃねぇよ！　そういう可愛くねぇこと言ってる口には、お仕置あるのみ！」

「んっっっ！」

強く深く重ねられた唇から、僕の想いがちゃんと伝わり、受け止められたことが確信できる。

英二さんが僕に対して、「サンキュ」って言ってくれてるのが伝わってくる。

共鳴し合う、心臓の音が心地いい――――。

「んっ…もぉ、強引なんだからっ」

「何言ってんだよ、好きなくせに」

「お互い様っ！」

誰も彼もが僕みたいに感じ合えたら、戦争なんか起こらないのに。なんて思うぐらい、心も体も側にいる。

僕はしばらく、人様には聞かせられないようなイチャイチャ会話をしながら英二さんとジャレ合うと、タイミングを計って言葉で伝えたかった、想いみたいなものを口にした。

「でもね、英二さん。本当にもう昨日のことは気にしちゃ嫌だからね。気にされると、逆に僕もつらいよ。キス…されちゃったことが、負い目に思えて」

「………菜月」

「だから、僕のためにも…あのことは気にしないで。たしかに、雄二さんのやり方には問題あり！

って思うし、撮影のときのことはビックリしたよ。泣き出したかったよ！　でもね、相良さんが英二さんに向かって一生懸命に伝えてくれた言葉は嘘じゃないと思うんだ。きっと僕は、あんなことがなければこの先一生見ることができるかどうかわからないぞ！　っていうような〝英二さんからの僕への想い〟を、写真という形に永久保存してもらったんだと思うし。あんなことがなければ表に出てこなかった、本当の英二さんの熱っぽさが、あの瞬間に引き出されたんだと思うから」

「…………」

「そしてあの瞬間が、僕への想いから出たものなんだって事実は、僕にとっては最高の悦びになるはずだから――」

うん。僕そのものが英二さんの生きるための、生きる上で守りぬこうとするテリトリーだ！　なんて言われたら、いつまでも胸が痛いなんて言ってられない。

僕が気にすれば英二さんも気にするし、英二さんが気にすれば、結果的にまた僕も気になってしまうから、それはここで終わりにしたい。

東京にまでは、持って帰りたくない。

「それに、やっぱり僕は英二さんが、俺様で高飛車なところが好きだから。シュンってしちゃうところは見たくないよ。誰が何を言ったとしても、僕にとっては英二さんが一番なんだから。世界で一番の、マイダーリンだからさ♡」

英二さんは、そんな僕の想いと言葉を受け止めると、苦笑混じりに「それもそうだな…」って言って、ちょっと吹っきってくれたみたいだった。

もちろん、全部が吹っきれるわけではない…っていうのは僕にもわかったけど、だからといって
これ以上は何も言えなかったし、その必要もないだろうって、思えた。

だって、それはきっと昨日今日の話じゃなくて、おそらく僕には全くわからない、知らない頃からの、英二さんと雄二さんの間で積み重なってきた、歪みのようなものだろうから。

双子という〝最も近い肉親〟でありながら、全く別の才能を得て生まれ育ってきた二人にしか、わからないことなんだろうから。

「……ね♡　英二さん」

ただ、僕は同じ双子で生まれた立場の人間として、やっぱり啀《いが》み合ってはほしくない…っていうのは本音だった。

雄二さんという人は、物の言い方も行動も、たしかに出会った頃の英二さんとはまた別意味で、

「この野郎！」って思わせられる人だけど。

でも、あの毛布にこめられたふんわりした甘さや優しさは、決して嘘でも作り物でもないと思いたいから――――。

「ああ、わかったよ。お前がそう言うなら、俺も今まで以上に頑張ってみるさ。お前がいつでも誰にでも、自慢できるような男でいられるようにな。それこそ、世界一の男によ」

「うん♡」

「その代わり、お前も頑張って勉強して、落第だけはしないようにしろよ！　いつまでも、アヒルがガーガー泳いでるような成績表が、キープできると思うなよ！」

なんて、人様のことを悠長《ゆうちょう》に考えてる場合じゃないけど…。

「はーい」

なんせ二冊に増えてしまった宿題の問題集が、実はまだ一冊もやり終えられていないのに、この連休をたっぷりと楽しんでしまったんだから。これは帰ってからが大変だ！　とか思っていたときだった。

ＰＰＰ！　ＰＰＰＰ！　と、僕の荷物の中から、微かに携帯電話の呼び出し音が響いてきた。

「──あ、鳴ってる。きっと葉月だ！」

僕はベッドを抜けると、床に落ちていた王様衣装をちょっと羽織らせてもらい、急いで荷物の中から電話を取り出した。

『なんなんだろう？　今って電話してくるような時間なのかな？　いや違う。そんなはずはない。じゃあ、なんなんだろう？』

僕の胸中に、不意にモヤモヤとしたものが立ちこめてくる。

「もしもし、葉月!?　どうしたの？」

電話に出ると、僕は相手の存在を確かめもせずに、第一声を口にした。

〝うわぁぁぁんっっっ！　菜っちゃん！　菜っちゃん、菜っちゃぁぁぁんっ!!〟

胸騒ぎというか、予感は大的中だった。

「どっ、どうしたの葉月!?」

めったに泣かない…っていうより、僕より何倍も気丈《きじょう》な葉月が、泣きながら電話をかけてくるなんて！　そう思っただけで、僕は心臓が縮む思いだった。

僕の奇妙な慌てぶりに、英二さんも釣られるように身を起こす。

急いでベッドから抜けると、床に落としたカフィーアを腰に巻きつけ、僕の側へと寄ってきた。

〝菜っちゃんぁーっっっ、どうしようっ、どうしようっ、どうしようっっっ!!〟

「泣かないで、泣かないで葉月！　何がどうしようなのか、とにかく説明してよ！　そっちで何かあったの？　お父さんがどうかしたとか、お母さんがなんかしたとか!?」

〝違うのっ、違うの直先輩が、直先輩がぁっ〟

「直先輩がどうしたの!?」

〝車に撥《は》ねられちゃったよぉっっっっ！〟

「ええっ!?　車に撥ねられたぁ!?」

「――――――――!!」

事態の急転――というのは、まさにこういうことを言うんだって、僕は初めて思い知った。

いてもたってもいられない状態から、僕と英二さんは朝一番の飛行機を待った。

羽田に降り立つと、そこからはタクシーを飛ばして横浜へと直行し、直先輩のお家に連絡を取りながらも、運びこまれたという救急病院へと駆けつけた。


葉月の話を整理するならば、たまたま直先輩の携帯にラブコールをしたときに、直先輩は何かの用事で家の外にいたらしい。

おそらく、特に何かをしていたわけではなく、徒歩で移動中程度のことだったので、きっと電話をしながら歩いていたんだろう…とのことなのだが、それを「じゃあおやすみ…」と言って切ろうとした直前に、事態は起こったのだという。

突然の急ブレーキとスリップ音。

明らかに車が何かに激突したような衝撃音。

直先輩の悲鳴とうめき声。

そして、人々の悲鳴に数分後には救急車のサイレン。

たまたま先輩の持っていた、携帯電話だけが無事に機能していたんだろうけど、それだけに葉月は事故の実況中継をすべて聞いてしまい、しかも途中で誰かの手によって切られてしまったらしく、僕に電話をしてきたときには半狂乱の状態となってしまった――――んだけど。

「それじゃあ先輩、車同士の衝突事故に巻きこまれて、こんな大怪我しちゃったの!?」

それでも僕らが病院にたどり着いたとき、「どうしよう、直先輩が危篤《きとく》だ!」とか「面会謝絶の重体だ!」という、超最悪な状態だけはまぬがれていたので、僕も英二さんもホッとした。

「面目ない。事故車の片方が軽トラックだったんだけど、衝突したはずみでたまたま僕の前にスリップしてきたんだ。さすがに車そのものからは逃げたんだけど、積んでいた荷物をばらまかれたもんだから…………」

患部である右足は、膝の上あたりからギブスでガッチリと固定されて吊るされていた。

腕や顔にも、ところどころにかすり傷や打ち身の跡があって、見ているだけで痛々しい。

けれど、それでも麻酔《ますい》が切れて目が覚めて、僕らと顔を合わせたときの先輩は、意識もはっきりとしていて、事故当時の様子もちゃんと克明《こくめい》に覚えていた。

「ってことは、車は避《よ》けたがその荷物は避けきれずに、下敷きになったたってことか。ったくスポーツ万能の王子様が、電話なんかしながら歩いてるからそんなことになるんだぞ。これですんだからまだよかったものの、便利に託《かこ》つけて注意を怠《おこた》ると、命を落としたらシャレになんねぇぞ」

だからだとは思うけど、英二さんは大きな溜め息をもらしながらも、直先輩にお説教した。

「電話ってぇのはよ、相手があって初めて通じてるもんなんだ。相手が大事な存在なら、それだけ通話中の自分自身にも気を遣わねぇと……な」

「すいません。反省してます。葉月には意識が戻ってすぐに電話を入れました。お世話かけました」

直先輩は苦笑しながらも、英二さんに向かって、すごく素直に言葉を返していた。

『……直先輩』

それはきっと英二さんのお説教が、〝心底から心配して駆けつけたんだぞ！〟って気持ちから出ているのと、今となっては葉月や直先輩に対しても、ちゃんと英二さん自身が愛情を持って接しているからこその言葉なんだって、直先輩に伝わっているからだろう。

そして素直にお説教される直先輩に苦笑しちゃう英二さんにも、その想いはきちんと返されていて。英二さんは、相変わらず自分で振っといて、自分で照れくさくなっちゃうと……。

「おう、これにこりたら歩きながらの電話エッチなんて控《ひか》えるんだな！　本当に天国に行きかねねぇぞ！」

下品に走って、また直先輩をからかった。

「そうですね。葉月をイカす前に、あやうく僕がイッちゃうところでした」

「何!?」

「ええっ！」

けど、この手の切り返しにかけては、もはや英二さんより直先輩のが全然上手《うわて》みたいで、僕らは二人そろって真剣におののいてしまった。

「いえ、夕べは葉月が初めて〝おやすみのキス〟とかしてくるもんだから、ついつい可愛くなっちゃって、口が滑っちゃったんですよ。やっぱり、いくら周りに誰もいなかったからって、歩道を歩いてたって事実を忘れてのめりこんじゃった僕の大失態です。だから逃げ遅れたっていっても過言じゃないし」

「………直也、お前」

「あ、でも菜月。悪いんだけど、夕べのことが原因で、葉月がセックスに対して変な先入観を持つと困るから、これからも毎日英二さんとのセックス・ライフのよさを葉月にのろけてやってね」

「………直先輩っっ」

あなたって人は…………。

『やっぱりこの言い草ってことは、裸エプロンで卒論書いちゃうような卒業生がいるってわかってて、東都大学を志望してたのかな？』

葉月、先輩と付き合ってて大丈夫なんだろうか？　なんて、僕は自分のダーリン棚に上げて、ついつい心配しちゃったりして。

「なんて、嘘ですよ。本気にしないでくださいよ、英二さんも菜月も。冗談ですから、冗談♡」

『本当それ？　それこそが嘘なんじゃ………』

僕と英二さんは、このとき間違いなく直先輩の言葉に対して、同じことを思い浮かべたに違いない。果たしてこのネタが、直先輩が僕らに気を遣ってその場を盛り上げるつもりでこんなことを言ったのか、それとも本当のことなのかは、その場ではナゾなままだった。

『この真相は、やっぱり葉月に聞くしかないのか!?』

でも、それから僕らは三人で、この場にはいない葉月の話を織り交ぜて、なんだか他愛《たあい》のない会話を面会時間中、とても温かな気持ちで交わしていた。

「でも、菜月。葉月を落ち着かせてくれて、本当にありがとう。やっぱり、なんだかんだいっても頼りになるお兄ちゃんだよね」

「へへ♡」

「何が〃へへ〃だ。葉月との電話のあとに、パニックに陥ったお前のフォローこそ、誰がしたと思ってるんだよ」

「あ、それは言わない約束でしょ！」

「なんだ、やっぱりそうなるのか。最後は早乙女さんのご主人の、尻拭いになるんだね」

「なっ、直先輩っっっ！　それは言っちゃだめでしょ！」

僕は、直先輩の怪我はすごく痛々しいんだけど、こんなふうに英二さんと直先輩の間に穏やかで暖かな空気が流れる日がくるなんて、願ってはいても実際想像がつかなかったから。なんだかこのやり取りがすごく嬉しかった。

この場に葉月もいたらな…って、ついつい思ったこともたしかだったけど。

「菜月、そろそろ面会時間が終わるぞ。明日の学校もあるし、今日のところは帰るぞ」

「……うん。それじゃあ直先輩、今日はこれで」

「ありがとう菜月。英二さんも、お疲れのところ本当にすみませんでした」

「いや、お大事にな――」


結局、僕らが病院を出て南青山のマンションに帰り着いたのは、すっかり日も沈んで空に星がキラキラしちゃうような深夜になってからだった。

なんだか目まぐるしい二泊三日だったけど、僕はますます英二さんが好きになった。

英二さんの優しさも、英二さんの切なさも、英二さんの情熱も。

そして英二さんを囲む人々も。英二さんがこれからもっともっと飛躍していくんだろうお仕事の世界も。

僕は、この短い時間の流れの中で、贅沢《ぜいたく》なぐらい早乙女英二という人を、マイダーリン♡を、堪能《たんのう》した気がした。


そして、次の日の夜――。

「でも、直先輩今回の怪我のせいで、イギリスに留学するのは延期になっちゃうんだよね。可哀相だな、葉月も先輩も」

僕は台所で英二さんと一緒に片づけものをしながら、好きな人とこうして普通に生活できるってことが、いかにありがたいことなのかを痛感してしまった。

「まぁ…、至って元気は元気だったが、複雑骨折のうえにアキレス腱《けん》まで切っちまったって言ってたからな。完治《かんち》までにはけっこうかかるだろう。けど、命あっての物種《ものだね》だ。学校が逃げるわけじゃなきゃ、お互いがどっかに行っちまったわけでもねぇ。怪我さえ治りゃ、直也のことだから無理やり編入試験を受けてでも、葉月のところに行くだろう」

「………うん。そうだね。直先輩、葉月のことすごく大事にしてくれてるもんね。なんだか昨日久し振りにゆっくり話をしてて、本当に実感できちゃった」

あの夏の日、勢いのまま英二さんとお別れしなくて、本当によかった…って思う。

家族と離れ離れにはなってしまったけど、日本に残って、英二さんのところに残って、本当によかったな…って。

「何、もうこの男は完全に僕のものじゃなくなった…ちょっと悔しいな…ってか？」

「えっ、英二さん！　そんなはずないでしょ！　すぐそういうこと言う！」

「いや、お前同情しやすいタイプだからよ。今度は怪我した直也にメロってきたらシャレになんねぇって思ってよ。今のうちにでっかい釘でも刺しとこうと♡」

でも、そんな殊勝な想いも、突然エッチを仕かけてくる英二さんの前には、呆気《あっけ》なく粉砕《ふんさい》される。

英二さんは、食器を片づけ終わった僕を見計らって背後から抱き締めてくると、そのまま僕を抱き上げて、リビングへと足を運んだ。

「どっ…同情とそれは違うでしょ！」

三人がけのソファに僕を下ろすと、そのまま体を重ねてくる。

アソコにアソコを押しつけられて、二・三度揺さぶられただけで、僕のアソコはジン…って、うずきを覚えた。

「そっ…それにこれじゃあ、でっかい釘じゃなくって、ぶっとい釘を刺すの間違いじゃんよっ」

「クッ！　菜月、お前なんてこの語に及《およ》んで下品なこと言ってんだよ」

英二さんはそれを感じ取ると、わざと同じことを繰り返す。

「英二さんにすっかり感化されちゃっただけだよ。もう、僕までそのうち野蛮人とか言われそう」

僕はむくれたことを言いながらも、腰が浮いてきちゃうのが止められなかった。

「いいじゃねぇかよ、野蛮だろうが粗野だろうが。文明なんてものがこれほど発達したって、セックスのやり方だけは、そう変わっちゃいねぇんだからよ」

互いのジーンズのファスナーやボタンが、擦れ合って音を立てる。

「………あっ…英二さんっ」

僕の両腕は自然と英二さんの首に回り、両足は自然と開かれて、英二さんが本腰を入れて仕かけてくるのを待っていた。と、玄関からピンポーンって、チャイムが鳴った。

「あれ？　また皇一さんかな？　今日って何か打ち合わせがあるの？　誰か訪ねてくる日？」

「いや、そんな約束はねぇんだけど…誰だ？」

英二さんは怪訝そうな顔をすると、僕から離れて玄関へと歩いた。

僕は、もしも大事なお客様だったら大変！　とか思って、自分の身なりをチェックしてしまった。

「うわぁ！　朝倉葉月っっ！　なんでお前がこんなところに現れるんだ！」

『――――え!?　葉月!?』

けど、突然上がった英二さんの声を聞くと、僕はリビングから玄関に走った。

「出たな早乙女英二！　でも、今日はそんなことどうでもいいんだ！　悪いけど上がるよ！　菜ちゃん！　菜っちゃんどこ！」

「葉月！　どうしたんだよ、突然！」

「菜っちゃーんっっっ！　会いたかったよーっっっ！」

葉月は、両手に抱えていた大荷物を玄関先で英二さんに押しつけると、半泣き状態で僕にガバッっと抱きついてきた。

「もう、寂しくって寂しくって、やっぱり僕耐えられなかったよっっっ！」

「は、葉月！　可哀相に。やっぱりそうとうショックだったんだ、今回のこと」

「ショックなんてもんじゃないよっっ！　そうじゃなくても、菜っちゃんと離れてみたら、つらくてつらくて毎日がブルーで仕方なかったのにっ。先輩がこっちにきてくれるのだけが、せめてもの救いだったのに、あんなことになっちゃうんだもん！　もう…もう限界だよ！　うわぁぁぁぁん」


それから葉月は、延々一時間ぐらいは泣き続けていた。

とりあえずリビングに腰を落ち着けさせて、一生懸命なだめたんだけど。その間も葉月は、向こうでの愚痴も延々と僕に言い続けた。

父さんの故郷…とはいっても、やっぱり風土の違いは激しくて、簡単には馴染《なじ》めなかったこと。

生活習慣の違いから、学校に行ってもなかなか友達の輪に入れなかったこと。

それより何より、生まれて初めて会ったお父さんの両親、コールマンのおじいちゃんやおばあちゃんが、なんだか過剰に葉月を撫で回し、実はロンドンではけっこうな財閥《ざいばつ》だったらしい実家の跡を継がせるために、まずは社交界にデビューだ！　と盛り上がり、礼儀作法のレッスンだのダンスの講習だの、あれこれと押しつけられて、どエライ目に遭わされたということ。

いろいろ、いろいろ、いろいろ………本当に唖然《あぜん》としちゃうぐらい、葉月は葉月なりに、苦労した日々を送っていた。

「ええっっっ！　ロンドンの郊外にお城を持ってた!?　父さんって、本当に王子様だったの!?」

はっきりいって、僕は本当に日本に残ってよかった♡　と心から思ったぐらい。

「うん！　僕も甘かったよ！　そもそも従兄弟のウィルが貴族だってところで、疑ってかかるべきだったんだ！　父さんの実家のコールマン家って、爵位《しゃくい》なんかなくても、娘を貴族のうちにホイホイと嫁にやれるだけの金があるうちだったんだよ！　なんせロンドンじゃ長者番付に入るって言うんだから、桁《けた》違いだよ！」

「……長者番付？　桁違いだけに、想像がつかないんだけど」

「そうでしょ！　まったく冗談じゃない話だよ！　だいたい3LDKの家に生まれて育った僕が、いきなり〝この城はいずれ葉月の好きにしていいんだよ、残念だが菜月はお嫁に行ってしまったんだろう？〞なんて真顔で言われたって、〝わーいありがとう♡〞なんて言えるわけないじゃん！　はっきりいって父さんの実家って、リビングに僕たちの家がスッポリと三つは入っちゃうようなのが、何個もあるようなお城なんだよ！　しかもジジババなんか、東京ドームより広い庭のあるお城を、敷地内でキツネ狩りとかできちゃうようなお城を、〝狭くてごめんなさいね。そのうち葉月のためにも増築しましょうね♡〞とか言っちゃうような人達なんだよ！　そのうえ、部屋の中にもあっちこっちに国宝級の美術品だとか、アンティークな家具だとか、アルマダの海戦時代の貴重な鎧《よろい》だとか食器だとかが置いてあるんだよ！　そんなところを庶民上がりの僕なんか跡を継いだって、毎年膨大な税金払わなきゃいけないのに、維持していけるわけなんかないじゃんよっっ！」

　なんせ、僕よりはそれなりに社交的というか見栄っ張りな葉月でさえ、最後には泣きをとおり越して逆ギレ状態になって吠えるほどだ。僕じゃきっと、鬱病《うつびょう》かなんかに陥っていたかもしれない。

「…………はっ、葉月。そうとう堪ってたんだね」

「堪ってたよ！　なのに、それなのに！　唯一の楽しみだった菜っちゃんと直先輩への国際電話も、あまりに電話代がかかるから、これからは控えなさいとか父さんに怒られちゃってっ！　父さんってば、これからお城の跡継ぎになろうっていうのに、そういうとこだけ無茶苦茶セコイんだもんっっ！」

「そ…そりゃ、こっちでの生活長いからね。しかも、一応ロンドンに移っても、朝倉のうちは父さんのお給料で生活してるわけだし……」

「でも！　そうじゃなくても、今にも十円ハゲとかできそうなぐらい、いろいろストレスたまってたんたんだよ！　なのに直先輩はこんなことになっちゃうし。これで菜っちゃんに電話までできなくなったら、僕壊れちゃうよ！　って言い返したら、父さんと大喧嘩になっちゃって…」

「ええ！　それじゃまさか、葉月家出してきたの!?　ロンドンから南青山に！」

僕は、英二さんが押しつけられた大荷物を思い出すと、葉月ってばなんてことを！　と思って、慌ててロンドンに電話をかけようと思った。

けど――――。

「待ってよ！　そうじゃないよ！　家出じゃないから連絡しなくても大丈夫だよ！　いくら僕でも国際警察《ICPO》のお世話になんかなりたくないもん」

「………なんだ。了解ずみが。よかった」

ホッとしつつも、国際警察に家出人の捜索《そうさく》なんてあるんだろうか？　とか思ったりして。

「そう。それでね、そこまで追い詰められてるなら仕方がないって。このまま僕が壊れちゃっても大変だし、だからといって毎月使う電話代のことを考えたら、僕がこっちで生活しても大差ないから、いっそ日本に戻って菜月と暮らせって……」

しかし、話は国際警察からさらにゴロンと転がって…………。

「は？　僕と暮らせ？」

「うん。だから、はいこれ♡　早乙女英二お兄様宛《あ》てに、父さんから僕のとうざの生活費♡」

「――――あ!?　それでなんで俺に話が回ってくるんだよ！」

なんの気なしに僕の隣で話を聞いていた英二さんは、突然の指名にズリッと体をコケさせた。

「え？　だって、前に菜っちゃんをくれって言いにきたときに、菜月の一人や二人面倒見たって負担にならないって、父さんに言いきったじゃん。だから父さんは、英二くんならしっかりしてるし、僕が増えるぐらい大したことないだろうって。絶大な信用だよね♡」

「そりゃ信用じゃなくって嫌がらせだろうが！　あのキラキラ親父、この期《ご》に及んでそんなこと言いやがったのか！」

「言ったー♡　しかも満面の笑みでー♡　あ、菜っちゃんの他に、僕の保護者もよろしくねん♡って言う、委任状も預かってきたよ♡」

はい♡　とポケットから手紙を出すと、葉月は天下を取ったような顔で父さんからの手紙、そして葉月名義の貯金通帳を英二さんに差し出し、無理やりその手に受け取らせた。

英二さんは仕方なくそれらに目を通したけど、見る見るうちに顔色が変わって……。

「…………………っっ」

僕は、きっと父さんのことだから、ここぞとばかりに仕返しこみで、揚げ足とりまくりの手紙を書いてきたんだろうな……と、苦笑が浮かんだ。

「ただ、だからといって、お嫁さんでもない僕まで本当に面倒見られるわけにはいかないから、取りあえず高校卒業するぐらいまでの生活費は渡しておくって。でも、足りなかったらいつでも言ってくれって。菜っちゃんは嫁にやったんだから、菜っちゃんの分の生活費の面倒は見ないけど。居候させてもらう僕の分に関しては、いつでも催促《さいそく》してくれてかまわないからって♡ よかったね、どうせだから、菜っちゃんの生活費も、どさくさにまぎれて父さんからボッちゃいなよ♡ 多少ボッたくっても、お城の花瓶《かびん》一個盗んで、闇オークションにでもかければ、十分お釣りが返ってくるんだからさ、父さん家♡」

けど、だから「はい、そうですか。了解しました」と引き受ける英二さんじゃなかった。

貯金通帳はともかくとして、手紙のほうは力の限り握り締めると、葉月に向かって一声吠えた。

「ふざけんなっっっ!」

はっきりいって、今思えば雄二さんがあの場で僕にあんなことしなくったって、葉月を連れて行って英二さんを煽れば、一発で〝熱砂の獣〟全開だったかもしれない。

うん、この家のテリトリー死守に、英二さんは我を忘れそうな勢いだった。

「何が〝君が菜っ葉を預かってくれたおかげで、私たちは新婚生活をやり直せるよ♡〟だ! 〝やっぱり孫が欲しいから、この際今度は娘作りに励《はげ》むよ♡〟だ！　なんで俺がよりによって、キラキラ親父とキャルるんママの新婚生活と、今さらの子作りをフォローしなきゃならねぇんだよ！　新婚なのは俺と菜月のほうだろうが！」

『………とっ…父さんってば、そんなことを手紙に………』

「第一、うちはそんな城じゃねぇんだぞ！　そもそも葉月を預かるスペースなんかここにはねぇ！　俺の部屋に菜月の部屋、あとは見てのとおり共有のスペースだ！　わかるだろう葉月！　お前の入る隙なんかねぇんだよ！」

「えー？　だって菜っちゃんのお部屋はあるんでしょう？　だったらそこで十分じゃん♡　どうせベッドなんか一つあれば一緒に寝ればいいことだし、机なんかあってもなくても勉強できるし♡　着るものだって一人分あれば、二人で十分着回しできるんだから♡　実質増えるのは僕一人分だけで、荷物が増えることはほとんどないもん♡」

「────なっ！　そういう問題じゃねぇだろう！」

「え？　だってスペースがないって言ったから、それは大丈夫って言ってあげたんじゃん♡」

「葉月！　テメェは、キラキラ親父と同じような揚げ足とってんじゃねぇよ！」

「しょうがないじゃん♡　僕は外見は菜っちゃんと同じだけど、中身は父さんのコピーだもん♡　そんなのとっくの昔にわかってることでしょ、誰より一番、賢《かしこ》い英二お兄ぃ様がぁ♡」

「鳥肌が立つから猫撫で声を出すな！」

「ちぇっ、せっかくサービスしてやったのに。菜っちゃんと同じ声なんだから、そこまで気持ち悪がることないじゃんよ！　失礼だなっ」

でも、テリトリーを死守する本能に関しては、自ら父さんのコピーと言うだけあって、葉月も英二さんに負けていなかった。

むしろ、葉月のちゃっかりさと英二さんの根本的な優しさを秤《はかり》にかけた場合、英二さんのほうがどう頑張っても気の毒に見えた。

「失礼でもなんでもいいんだよ！　お前は荷物と金を持って、いますぐロンドンに帰りやがれ！」

「あ！　何もそこまで邪険にしなくたっていいじゃんよ！　そんなに意地悪言うなら、僕にだって考えがあるからね！　いいよもう！　僕、ここに住むって父さんに嘘ついて、別の場所に一人暮らしするから！　でも、僕みたいな子が人暮らししてたら、妖しい男に狙われちゃうかもよ！　直先輩は入院中だっていうのに、ストーカーとかに狙われて、いきなり部屋に押し入られたり、強姦されちゃったりしちゃうかもしれないよ！」

「なんだと!?　よくそこまで言うな、図々しい！　誰がお前にストーカーなんかするか！」

「だってー、僕は中身が父さんのコピーだから性格悪いけど、外見は菜っちゃんなんだから、バカな勘違い野郎にバージン奪われる可能性なんて山ほどあるんだよ！　実際、ロンドンから逃げてきた理由の一つには、そういう馬鹿野郎がいっぱいいたってこともあるしっ！　だから、ここまで逃げてきたのに、そんなことになったらお前のこと一生恨んで、菜っちゃんにあんな薄情な男は別れろ別れろって、毎日念を送ってやる！　言っとくけど、僕の執念《しゅうねん》は半端じゃなく強いからね！　いくら今がラブラブでも、一年も送れば絶対に菜っちゃんは、お前のことなんか嫌いになるぞ！」

「────くっ」

しかも、やっぱり葉月の最強の武器は、僕と同じ器にあるらしい。

おまけに僕と同じ器のバージンを盾《たて》に取られたら、英二さんは過去に負い目があるだけに、これ以上の反論は出てこなかった。

「わっ……わかったよ！　置けばいいんだろう、この家に！　くっそぉ、あの親父っっっ!!」

人のいい英二さんは、結局握り締めた手紙を破り捨てながらも、葉月をこの家に受け入れてくれた。なんとなく、見えてたオチではあるけどね♡

『ごめんね、英二さん。相変わらずな葉月で。あーあ、また凹んじゃったよ』

「よっしゃあ、僕の勝ち！　ってことだから菜っちゃん！　お部屋に案内してぇ♡　僕荷物片づけるぅ♡　明日には高校に再入学の試験のお願いしにいかなきゃいけないし、いろいろ面倒くさい手続きもあるし、やることいっぱいで大変なのぉ♡」

「しょうがないなぁ、葉月はもぉ」

でも、今回ばかりは許してあげて。

葉月をここに置いてあげて…って、僕は口にはしなかったけど、正直なところ思っていた。

「嬉しいな、嬉しいな♡　これでまた菜っちゃんと生活できるし、毎日直先輩のお見舞いも行ってあげられる♡　やっぱり恋人が入院してるのに、お見舞いに行けないなんて耐えられないもん。そうじゃなくても身動き不自由なのに、怪我してる間はやっぱり、僕が先輩の松葉杖になってあげたいもん♡　菜っちゃんだって、もし早乙女英二がそうなったら、同じように思うでしょ？」

「うん。たしかにね」

だって、本当にそうなんだ。

電話であんなに泣いてた葉月のことを思ったら。もしも僕が逆の立場だったらって考えたら。葉月の今の気持ちは、僕にはいっぱいわかるから。

「やっぱり、僕の一番の理解者は菜っちゃんだよね♡」

「まぁね♡」

電話の向こうで大好きな英二さんが事故に遭うなんて、考えただけでも僕は心臓が止まりそうだ。そのうえ、入院しているのに側にもいられないなんてことになったら、僕は悲しくて息もできなくなっちゃうよ。

「じゃあ、僕も手伝ってあげるから。今夜中に荷物の整理して、明日から先輩の病院に、毎日行ってあげなよね」

「うん♡」

完全に葉月（&お父さん）に敗北しちゃって、青筋立ててる英二さんには、本当にごめんね、なんだけどさ♡

「ちょっと待て！　そんなもんは一人でやりやがれ、居候っ！」

「————!?」

けど、僕が葉月を部屋に案内しようと席を立ったときだった。

「菜月にはな、これから家主様の夜のお供をするという、大事な大事なお勤めがあるんだよ！」

凹んでいたはずの英二さんは、突如復活！　僕をひょいと肩に担《かつ》ぐと、自分の部屋へと真っ直ぐに歩いた。

「なんだって！　なんだよ、その夜のお供って！　大事なお勤めって！　僕の菜っちゃんに何する気なんだよ！」

葉月は、真っ赤な顔をしながら追いかけてきた。けれど、そんな葉月に今度は英二さんが鬼の首を取ったような顔を向け、

「セックスに決まってんだろう、聞くなバーカ！」

べーって舌を出してから、フフンと笑って自分の部屋に入った。

「なんだって！」

しかも葉月だけを締め出して、英二さんはしっかりと中から鍵をかけた。

僕は、怯えながら英二さんの名前を呼んだ。

「えっ…英二さん？」

『まさかね？　葉月がいるのにしないよね？』

けど、その問いかけも空しく、英二さんは担いでいた僕の体をわざとらしくベッドにドサッって音を立てて下ろすと、

「なぁ菜月♡　俺達は新婚だもんなー。その甘々生活に、たとえ小姑《こじゅうと》が転がりこんできたとはいえ、俺たちの性生活のサイクルを、変える必要はどこにもねぇよなぁ〜」

「えっ、英二さんっっっ!!」

本当に言葉のまま、僕に覆い被さり、僕のジーンズに手をかけてきた。

「うそっ！　嫌だよ英二さんっ！　冗談止めてよ！」

僕は、いくらなんでもこれは止めてっっっ！　葉月に聞えちゃうのは勘弁してっっっ！　って慌てながら、どんどん僕を脱がせていく英二さんと、必死の攻防を続けた。

でも、肝心な場所を握りこまれると、僕の抵抗なんか呆気ないぐらい喘ぎ声に変わっちゃって。

「やぁ…っんっ」

「やっ、やめろ早乙女英二ーっっ！　僕の菜っちゃんに何してるんだよっっ！」

それを耳にした葉月は、扉を壊さんばかりにバンバン叩き、ノブをガチャガチャとしながら叫びまくっていた。

「うるせぇ小姑！　ここに居候するってことの意味を、これからたっぷり聞かせてやる！　それが嫌なら自分の部屋に引っこんで、今すぐ布団かぶってとっとと寝ろっ！」

英二さんは、葉月が喚《わめ》くのがそうとう楽しかったんだろう。

鼻で軽く笑うと、僕の声をよりはっきりと葉月に聞かせるべく、強引な愛撫を仕かけてきた。

僕は、奥歯を噛み締めながら、必死に必死に抵抗していた。

「我慢するなよ。いつもみたいにいい声で鳴いてやれよ♡　葉月が一人でも一発ぐらい抜けるようによ――――♡」

僕はそんな英二さんを恨みがましい目で睨むと、

『そんなことできるわけないじゃんよ！　英二さんの野蛮人っっっ!!』

と、心の奥底で叫びながら、でも口を開けたら喘いでしまいそうな愛撫に抵抗し、それからしばらくはベッドの上で、僕は英二さんと攻防を続けた。

英二さんとの恋＋葉月を加えた新生活は、たった今から始まったばかりなのに――――くすん。

野蛮なマイダーリン♡　おしまい♡

■あとがき■

こんにちは、日向唯稀《ひゅうがゆき》です♡

このたびは、マイダーリン♡シリーズ第三弾！「野蛮《やばん》なマイダーリン♡」をお手に取っていただきまして、誠にありがとうございます♡ 相変わらずエロラブなバカップルでございますが、少しは楽しんでいただけたでしょうか？「うん♡」と菜月《なつき》のお返事のごとく、明るく元気に言っていただけたらいいな〜、感無量だな〜なんて、ドキドキしながらコレを書いていたりします。

なんせ、今回は本当に私情&趣味出しまくりで「こういう展開の話」を作ってしまいました。

知る人ぞ知る…という感じなのですが、実は私は「企業企画モノが大好き♡」なんです。

しかも、書きたくて書きたくて仕方がなかった英二《えいじ》のアラビアン・コスプレ付き〜♡♡♡ 実は、香住《かすみ》ちゃんのギランギランな英二を見たときから、絶対に英二には似合うはずっっっ！ と大煩悩《ぼんのう》していたんですっ！ もう、マイブーム・アラビアン・ナイト〜♡ と言うぐらい。

まぁ、そのためだけにこんなスケールの話を作るかぁ？ という感じではありますが。(苦笑)

ただ、私の中に「ＳＯＣＩＡＬ《ソシアル》」と「レオポン」というブランドや、早乙女《さおとめ》英二という男のコンセプトができあがったときから、「熱砂《ねっさ》の獣《オトコ》」というイメージが頭の中ではぐるぐるしておりまして。

このマイダーリンが「少しシリーズで出してもいいよ」と言っていただいたときから、こんな感じで続きが書けたらノリノリなのにな…♡ もっともっと英二の男っぷりを書けたら、楽しいだろうな…♡　なんて思っていたのですが、でもまさか！　だからといって、本当に書かせていただけるなんて！　って内容なので、「譲れないアラビアコスプレ！（エプロンプレイこみ♡）」とか書きこんだプロット（一見ふざけて見えるのですが、本人真剣そのもの）が通ったときには、本気で万歳三唱状態でした♡　新担当のTさま、わがままを聞いてくださって、ありがとうございますっっ！　そしてそして前担当のMさまも、担当がかわったというにも関わらず、何かにつけては相談にのってもらったり、励ましてもらったりと、ご迷惑ばっかりかけまくってすみませんっ（私ってば、すぐにメロウになっちゃうから…涙々）。本当にいつもいつも、心から感謝しております。どこまで頑張れるか、また読者さまのご支持がいただけるかはわかりませんが、精いっぱい頑張りますのでどうか見捨てないでやってください。もちろんもちろん、陰日向《かげひなた》となって私と話を支えてくれている香住ちゃんにもスペシャル・サンキュよ♡（あれ？　なんかいつもとあとがきの内容順が変わってるかな？）

で、何はともあれなのですが。相変わらず何事もなければ、四冊目は今年の秋ごろに出していただけるということになりました。タイトルは、「不埒《ふらち》なマイダーリン♡」予定です。

今回は、英二&菜月の新婚さんを集中的に書きたかったので、葉月《はづき》や直《なお》先輩を遠巻きにしましたが、パワーアップして葉月も帰ってきましたし、直也《なおや》もそろそろ我慢の限界だろうということで、次回あたりには葉月もロストバージンかな？　とも思われます。（本当か？）なので、よろしければ次作もお付き合いいただけると、とってもとっても嬉しいです。あ、でももちろん、菜月視点&主役は変わりませんけどね。

おそらく、皆様がコレを読んでおられる頃には、私は次作に取りかかっていることと思います。ですので、励ましのお便りなどいただけると、ますます英二が頑張って、菜月にあーんなことか、こーんなこととかしてくれると思われます。よろしかったら、また感想&リクエスト（特にHシチュエーション♡）などなど、いただけると嬉しいです。何よりの執筆活力になりますし。

もちろん時間はかかると思います（半年ぐらいみてくださると嬉しいです）が、恒例《こうれい》のプレゼント（ミニストーリーになるか、ちょっとしたグッズになるかは、今回は未定です。香住ちゃんにおねだりして、何か作りたい気分なので♡）は、させていただきます♡　ご面倒ですが、返信用のあて名を書きこんだカードかシールを同封してくださると、返信の際に非常に助かります。ちなみに、「新婚さんはやっぱりエプロン・プレイでしょう！」は、前回のリクエストのトップでした。私としては、「えー、なんかいいのかなぁ？　ありきたりじゃないのかな？」と思いつつも、頑張って答えてみたのですが（…英二が）。奴は大喜びでしたが（やっぱり男の願望なのか？）、皆様にはどうでしょう？　笑って楽しんでいただけてたら、本当に本当によいのですが。（笑）

では、なんだかとりとめもないあとがきになってしまいましたが、本書を手にしてくださって、本当にありがとうございました。

次もまたお会いできることを祈りつつ――――――。

日向唯稀

■初出一覧■
野蛮なマイダーリン♡／書き下ろし

日向唯稀先生、香住真由先生にお便りを
〒101－0061東京都千代田区三崎町3－6－5原島本店ビル2F
コミックハウス内　第5編集部気付
日向唯稀先生　香住真由先生
編集部へのご意見・ご希望もお待ちしております。

著　者――――――日向唯稀
発行人――――――野田正修
発行所――――――株式会社茜新社
〒101-0061　東京都千代田区三崎町3－6－5
原島本店ビル1F
編集　03（3230）1641　販売　03（3222）1977
FAX　03（3222）1985　振替　00170-1-39368
DTP――――――株式会社公栄社
印刷・製本――――――図書印刷株式会社

Printed in Japan

エデンの恋人

まのあそのか　イラスト・高之原翠

Jリーガーのスタープレイヤー住之江は友人の才賀を迎えに空港に行く途中、事故で記憶を失ってしまう。住之江を引き取った才賀は誰も知らない山荘で、恋人同士と偽った生活を始める。だが、住之江の婚約者が現れ、才賀の心は追いつめられてゆく…。

おいしいハッピーエンドの作り方

せんとうしずく　イラスト・桃季さえ

可愛くてトロ臭い太壱は、学園中の生徒から狙われている高校2年生。あまりのその鈍臭さゆえ、誰もが手を出すタイミングを失っていた太壱に、ついにアプローチをしかけたのは、一年生の市条クン。純情な市条クンの遠回しなお誘いはお子様な太壱に通じるのか？

突撃！　ときめき♥学園祭

南原　兼　イラスト・葵二葉／紅三葉

栞は星の宮学園生徒会長・海斗と、熱愛現在進行形。そんな二人を見た高梨夕貴は、海斗を大河と勘違いして大ショック。大河は海斗の双子の兄弟で、夕貴は大河に恋していたのだ。事情を知った栞は、夕貴のために一肌脱ぐことに…。「突撃！ときめき♥生徒会」待望の続編！

恋人になりたい

姫野　百合　イラスト・日下孝秋

男子なのにノリでミス松栄高校になってしまったリツが、ある日、先輩の俊郎に大告白。ノーマルなはずのリツの行動に周囲はいぶかるが、リツは戸惑う俊郎から勢いでOKをとりつける。その勢いは愛の情熱というより、決闘の申し込みのようで…？

純情可憐なハートに火がついた　鷹野　京

イラスト・宗真仁子

若くして亡くなった父・雅也の跡を継いで、高校生ながら社長になってしまった雅都。気分転換にと、父の秘書・神城に勧められて訪れた伏見稲荷で、稲荷大明神の白嵐と出会う。故意にか偶然にか、父と同じ体験をすることになった雅都の受難恋愛記。

神様ヘルプ!　七篠真名

イラスト・ほたか乱

全寮制男子校聖ミカエル学院に転校することになったおれ、天堂誉は、学院に向かう途中、英国貴族のように乗馬をする生徒・世良と実にムカつく出会いをした。だけどその世良こそ、おれのルームメイトだったんだ。おまけにこの学院、なんだかあやしくて…。

恋するPURE BOY　大槻はぢめ

イラスト・起家一子

ちょっとトロいのが玉にキズ、な海人は高校の入学式の日に不良に絡まれていたところを助けてくれた寺島にひと目惚れ。しかし「札付きの不良」寺島は、「お子様」な海人を相手にしてくれない。海人は悪戦苦闘するが…？　はじめの学園純情ストーリー！

そりゃもう、愛でしょう2　相良友絵

イラスト・如月弘鷹

2年目刑事・黒川睦月に異動通達が！　それは「厄介な人物を一掃しよう」という上層部の目論見で、もちろん変態双璧、日沖・本橋と一緒。さらに異動先の豊田署で潔癖症課長・神田にこき使われる始末。ますます崖っぷちの睦月、豊田署でリターン！

天野商事の悩めるのんき者

堀川むつみ　イラスト・西村しゅうこ

電車で痴漢にあうのが唯一の悩みという、のんきなサラリーマン・慎吾。仕事のミスは、幼なじみの邦彦がフォローしてくれる。取引先の社長に襲われた日も、邦彦は駆けつけて慰めてくれたけれど…。この夜から慎吾はさらにディープな悩みを抱えることになる。

胸さわぎのラビリンス

水島　忍　イラスト・明神　翼

由也と鷹野、明良と藤島、二組のカップルの前に、鷹野の幼い頃の友達だという新入生・野瀬が現れる。鷹野に付き纏う野瀬が引き起こす騒動が、明良たちも巻き込んで…。大好評シリーズ第三弾は波瀾あり？　今度も胸さわぎがとまらない！

純情はぁと解放区

南原　兼　イラスト・桃季さえ

聖アーサー学園・山の上高等部一年の浅香律は、幼い頃から思い続けていた生徒会長・浅香英と晴れて恋人同士に…なったはずだが、今ひとつ英の心が読めない。英の関心を得ようと健気な努力をするが、ききめはなくて…。聖アーサー学園を舞台に、また一波乱！

好きだなんて、とてもいえない

竹内照菜　イラスト・なぞのえむ

ある朝突然月島連平の家に家政夫さんがやってきた！　家政夫さんの正体はなんと連平の高校の完全無欠な生徒会長・加賀沢龍宝。月島家の弱みを握った龍宝に、むりやり生徒会役員にされたうえ、セクハラを迫られて…連平の運命はどうなる？

秘密のキスは甘い罠

水島　忍

イラスト・七瀬かい

駿は高校教師の夏己に片思い中。でも、夏己の同僚の森谷がなにかというと邪魔をするので、腹を立ててばかり。駿を子供扱いする森谷と喧嘩をしているうちに、二人はなりゆきで一線を越えてしまった！　混乱気味の駿に好きな人との甘い関係は訪れるのか？

恋愛しましょ♡

大槻はぢめ

イラスト・起家一子

『四葉ブライダルサロン』に勤める陸は、次に担当になった客を成功させないと、クビ！　なのに陸が担当になった篠塚は、社長の甥で結婚の意志は全くナシ。それどころか陸と付き合いたいと言う。退会の延期を条件にデートの約束をしてしまった陸だが…？

キスはあぶないレッスンの始まり

音理　雄

イラスト・西村しゅうこ

留年がかかった追試をパスするために、サル以下の脳ミソの持ち主・緑に家庭教師がつけられた。その家庭教師・律に、根が単純な緑はいつもだまされて…毎日お仕置きかご褒美が待っている、特別レッスンが始まった！

ウソつき天使の恋愛過程

せんとうしずく

イラスト・桃季さえ

大事にしてきた幼なじみの太壱に恋人ができ、勇気は幼なじみ離れができていなかった自分に気づく。そこを上級生・榊に指摘され…。勇気の気持ちが榊に傾いていく過程を甘く描いた、もうひとつの「おいしいハッピーエンドの作り方」。

屋根の上の天使

堀川むつみ　イラスト・西村しゅうこ

急な辞令でデスクワークから建設現場へ異動になった浩一郎は、あらっぽい連中のなかで戸惑うばかり。なかでもひときわ若いとび職人の祭は特に反抗的だったが、足場で具合の悪くなった祭を助けたことから、祭は浩一郎になつくようになり、二人の同居が始まった！

君はおいしい恋人

長江 堤　イラスト・こおはらしおみ

教育学部のアイドル智臣をめぐってバトルを繰り広げる大祐と研人は学生寮で不本意ながら同居中。だが、健気に智臣に恋する研人を、大祐は故意に邪魔していて——？　ファン待望の長江堤ノベルズがオヴィスに登場！

ヒミツの新薬実験中！

猫島瞳子　イラスト・やまねあやの

製薬会社の営業・中野裕紀は、ある日訪問した病院で、つい見とれてしまうような優しい笑顔の篠田先生に出会う。だがその実態は、どんなムタイな要求も真顔でしてしまう、ただの研究フェチだった！　いつのまにか臨床実験に裕紀の体を使うことになってしまい…。

危険なマイダーリン♡

日向唯稀　イラスト・香住真由

恋人が弟に浮気したと知った葉月は、あてつけに三日間だけ恋人になってくれる人物を探す。その男、早乙女に早速ホテルへ行こうと言われ、あれよあれよという間に予定《ゆめ》も妄想《きぼう》も打ち砕かれる初夜を経験させられてしまった！　三日間の恋人契約の行方は？

空を飛べるなら

香阪　彩　イラスト・西村しゅうこ

スポーツカメラマンの和彰は、高校生でモーグルの選手であるコウタに密着取材をすることになった。取材を通じてだんだんうちとけてきた二人だが、試合中の転倒が原因でコウタはエアを飛べなくなってしまう。仕事と人情に挟まれた和彰は自分の気持ちに気づくが…。

胸さわぎのアイドル

水島　忍　イラスト・明神　翼

「恋愛は面倒、身体の相性がよければそれでいい」がポリシーの楢崎哲治。そんな楢崎を追って、幼なじみの立花朋巳が天堂高校へ入学してきた。入学して楢崎の「初物食い」なる噂を聞いて愕然とする朋巳だが…。楢崎を見つめ続ける朋巳の想いは報われる？

恋するカ・ラ・ダ注意報

小笠原　類　イラスト・かんべあきら

結可にいきなりキスしてきた男・十文字翠は結可が居候をすることになったお屋敷のあるじだった。結可は家のしきたりと翠のペースに巻き込まれ、いつのまにか翠をメイドとして使うことになってしまった！家主様が召し使いって、どうなっちゃうの？

せつない恋を窓に映して

堀川むつみ　イラスト・高久尚子

尚之は上司の緒方と身体の関係があるためか、開発部に異動を希望しても許可が下りない。そんな時人事部で、家庭教師をしていた頃の教え子・正人に再会する。恋愛かどうかもわからず関係を続けてきた緒方と、かつて自分の身体を奪った正人の間で尚之は…。

君と極限状態

長江　堤

イラスト・西村しゅうこ

茅原由也はうっかり入った「やかんどう」なるサークルの怪しさに挫けそうな日々。かばってくれる盛田啓介がいるからなんとか続けてこれたが、夏合宿でいったハイキング山で二人は遭難してしまった！　度々極限状態に追い込まれる二人のラブコメディー。

悪魔の誘惑、天使の拘束

七篠真名

イラスト・天野かおる

法学部一年生の岡野琢磨は、金に困っていた。放蕩親父がつくる借金で首が回らないのだ。そんなとき、ジャガーに乗った派手な男が、月給五十万のバイトをもちかけてきた。うまい話には裏があるとは思うけれど、ほかに選択肢のない琢磨はその誘いにのって――？

キスに灼かれるっ

青柳うさぎ

イラスト・高橋直純

クールなかっこよさで女性徒の人気者の沙谷は、祖父のために女装しているときに、クラスで犬猿の仲の霧島とはちあわせしてしまった。さらに、沙谷を女と間違えた霧島に告白までされてしまう。以来、霧島の沙谷への態度に微妙な変化があらわれて…？

兄ちゃんにはナイショ！

結城一美

イラスト・阿川好子

東陽学園テニス部のエース・薫をめぐって、弟・貢と親友・克久はライバル同士。二人はお互いを薫の身代わりとして身体の関係を持つようになってしまった。だが、貢は次第に克久自身にひかれていく自分に気づき、身代わりで抱かれることに耐えられなくなって…。

だからこの手を離さない

猫島瞳子

バーでのバイト最終日に、しつこい客に拉致されそうになった智仁は、ナンパな客・高取春彦に助けられる。恩義を感じた智仁は言われるままホテルで一夜を共にする。翌朝、新社会人として入社式に臨んだ智仁は壇上で挨拶する社長を見て愕然！ なんと春彦だった！

イラスト・如月弘鷹

ミダラナボクラ

姫野百合

翠巒高校の同級生、村瀬信一と湯川渚は腐れ縁の幼なじみ。しかも3年前からセックスフレンドというオマケまでついている。信一は本物の恋人同士になりたいが、渚の真意がつかめない。そんな時、渚の態度が急によそよそしくなって、生徒会副会長との恋の噂が…。

イラスト・かんべあきら

愛してるの続き

大槻はぢめ

新米教師・神山茂は担任するクラスの生徒で、生徒会長の江藤総一郎に無理やりキスされてしまった！ 全校生徒を魅了するその微笑みにおびえて過ごす茂の前に、母親が連れて来た再婚相手の息子はなんとその総一郎！ はぢめのスーパーきちく学園ラブコメディ♥

イラスト・起家一子

胸さわぎのナビシート

水島 忍

従兄弟の明良に振られた澤田一秀は、不注意から冬貴の車と接触しかけ、以後なにかと強引な冬貴に車で連れまわされる羽目になった。派手な外見で口説き文句を連発する冬貴に反発しつつもペースに乗せられてしまう一秀は…？

イラスト・明神 翼

恋する才能

堀川むつみ　イラスト・猿山貴志

プロのマンガ家をめざす相模由紀夫のもとに、採用の連絡が入った。やり手と噂の副編集長、芦田に由紀夫はひとめ惚れしてしまう。こっそり想っているだけなら迷惑にならないだろうと思いつつも、仕事上のリードのうまさに想いはつのるばかりで…。

過激なマイダーリン♡

日向唯稀　イラスト・香住真由

ついに〝3日間だけの恋人〟から〝一生ものの恋人〟になった朝倉菜月と早乙女英二。しかし、思わぬところで大きな障害が…。大きな反響をよんだ「危険なマイダーリン♡」がシリーズになって再登場！

やっぱりキライ！

猫島瞳子　イラスト・西村しゅうこ

ホモと関東人が大キライな佐伯貴弘は、ホモで関東人の浜野和志につきまとわれていた。さらに幼なじみで親友の赤坂孝史にまで告白され、押し倒されてしまった。涙ながらに逃げ出すと、家の前に和志が待ち伏せている!?貴弘の絶叫再び!!

僕らの恋は何かたりない

大槻はぢめ　イラスト・起家一子

旅行代理店に勤める孝之の恋人は、三つ年上で写真家の圭吾。久しぶりにデートができると楽しみにしてたのに、キャンセルされて大ゲンカしてしまった。そんな中、急な仕事で香港に向かった孝之が出会ったのは心中した恋人を捜す香港のアイドルで、今は幽霊のレンだった!?

共犯恋人関係

なかはら茉梨　イラスト・やまねあやの

華麗なる洛栄学園の生徒会長の司堂から次期生徒会長に見込まれてしまった祥樹。執拗な勧誘に祥樹はキレ、同じく勧誘されている柊人と生徒会転覆を決意した。司堂が柊人に惚れているのを見抜いた祥樹は、柊人と恋人関係を偽装するのだが…!?

CALL ME QUEEN

高円寺葵子　イラスト・阿川好子

学院のプリンスで、常に自分が中心にいないと気がすまない那雪の人気をおびやかす転校生の理知は、転入試験が満点だっただけでなくテニスの勝負にワザと勝たなかったり、ころんだ那雪を抱えて保健室まで運んでくれたり…。以来那雪は理知のことが気になりだして!?

危険な彼との恋事情

水島　忍　イラスト・七瀬かい

危ういところを助けてくれた二階堂に惚れこみ、自らパシリになると言ってしまった智。パシリというよりもペットのように可愛がられ、身体まで捧げてしまったあとになって二階堂が二重人格であるという噂を聞かされた。信じない智は二階堂に直接聞いてしまい…!?

やさしく愛して

姫野百合　イラスト・ほたか乱

ナンパ代行業をしている陽をナンパしたのは、元ヤクザの倉橋観光の社長で、陽が慕っている老夫婦の土地を狙っている男だった。陽はその社長、倉橋龍昇にどなりこむが、「お前が一晩俺のものになるなら土地はあきらめてやる」という条件をだされて？

ワガママ王子にご用心!

川桃わん　イラスト・藤井咲耶

アラブの若き王子マハティール殿下が主賓のパーティーを逃げだそうとした倉橋智也は、あっさり殿下に捕らえられた。幼い頃に殿下の遊び相手を仰せつかっていらい、智也はいじめっ子のマハティールが苦手なのだ。だが、罰にベットのお相手をさせられてしまい……!?

極楽まで待てない

竹内照菜　イラスト・桜城やや

筋金入りのお坊っちゃまの田中は、輝かしい栄光を手に入れたエリート医師。しかし勤務先の佐野総合病院の御曹司でマニアな佐野に手籠めにされ、身体の左右対称を褒められて、それを保つために自分の身体を弄ることも禁じられてしまった。そんな田中にある兆候が…。

悪魔の策略、天使の憂鬱

七篠真名　イラスト・天野かおる

やさしい春彦とキチクな冬彦が同一人物とわかった琢磨は、大好きな2人とのトライアングル生活を始める。そんなとき、実家の母が訪ねてくるという連絡が。「大切な息子さんに手を出してしまった」ことをうしろめたく感じているらしい春彦に、琢磨と冬彦は——!?

Eから恋をはじめよう

堀川むつみ　イラスト・ほたか乱

俊也はパソコン部部室で、一学年上の直樹と出会う。なぜか彼が気になった俊也だが、ある日、学校の屋上で直樹とはちあわせ、唇を奪われてしまった。そんなとき、ネット上で有名な天才プログラマー彩とメール交換が始まる。胸がせつなく痛むピュア・ラブストーリー。

Ovis NOVELS BACK NUMBER

嘘を見つけて

火崎 勇　イラスト・西村しゅうこ

小沢は彼女でもない女にフラレている現場をよりによって会社の同僚・館山に目撃されてしまう。館山は女・男癖が悪いと悪評が絶えない男だ。性格も不躾で、デスクが隣の小沢をからかってくる。ある日、会社の飲み会のあと館山にムリやりHなことをされた小沢は…？

おまえにホールドアップ！

結城一美　イラスト・暮越咲耶

バイト中コンビニ強盗に遭った雛元純は客の紺野篤朗に助けられた。ショックで震えのとまらない純を家まで送った篤朗はずうずうしくも家にあがりこみ、助けたお礼を純の身体で払わせたことから、純の受難の日々が始まった!!

浮気すんなよ!?

近藤あきら　イラスト・日輪早夜

遅刻常習犯の央は、教師からバツ当番として飼育小屋の清掃をいいわたされるが、同じくバツ当番をおこなうパートナーが、入学当時からずっと憧れつづけてきた上級生、高柳と知り有頂天になる。だが、校内でも有名人の高柳が口説いてきたのは央だけではなく…？

ねこっかわいがりして♡

猫島瞳子　イラスト・島崎刻也

スーパー美少年の俺・佳秋は、叔父さんの哲也が大好き。哲也もメチャメチャ俺をかわいがってくれるんやけど、哲也が飼ってる猫のアンフィは、いっつも首輪の鈴の音としっぽで哲也を悩殺しとる。それが悔しくて俺は、首輪としっぽが欲しいと思ってるねんけど――!?